Tucholsky Wagner Zola Scott Sydow Freud Schlegel
Turgenev Wallace Fonatne
Twain Walther von der Vogelweide Fouqué Friedrich II. von Preußen
Weber Freiligrath Frey
Fechner Weiße Rose von Fallersleben Kant Ernst Frommel
Fichte Richthofen
Engels Fielding Hölderlin
Fehrs Faber Flaubert Eichendorff Tacitus Dumas
Eliasberg Ebner Eschenbach
Feuerbach Maximilian I. von Habsburg Fock Zweig
Ewald Eliot Vergil
Goethe Elisabeth von Österreich London
Mendelssohn Balzac Shakespeare Dostojewski Ganghofer
Lichtenberg Rathenau Doyle Gjellerup
Trackl Stevenson Hambruch
Mommsen Tolstoi Lenz Hanrieder Droste-Hülshoff
Thoma von Arnim Hägele Hauff Humboldt
Dach Verne Hauptmann Gautier
Karrillon Reuter Rousseau Hagen
Garschin
Damaschke Defoe Hebbel Baudelaire
Descartes Hegel Kussmaul Herder
Wolfram von Eschenbach Dickens Schopenhauer Rilke George
Bronner Darwin Melville Grimm Jerome
Campe Horváth Aristoteles Bebel Proust
Bismarck Vigny Barlach Voltaire Federer Herodot
Gengenbach Heine
Storm Casanova Tersteegen Grillparzer Georgy
Chamberlain Lessing Langbein Gilm Gryphius
Brentano Lafontaine
Strachwitz Claudius Schiller Kralik Iffland Sokrates
Bellamy Schilling
Katharina II. von Rußland Gerstäcker Raabe Gibbon Tschechow
Löns Hesse Hoffmann Gogol Wilde Vulpius
Gleim
Luther Heym Hofmannsthal Klee Hölty Morgenstern
Roth Heyse Klopstock Kleist Goedicke
Luxemburg Puschkin Homer Mörike
La Roche Horaz Musil
Machiavelli Kierkegaard Kraft Kraus
Navarra Aurel Musset Moltke
Nestroy Marie de France Lamprecht Kind Kirchhoff Hugo
Laotse Ipsen Liebknecht
Nietzsche Nansen Ringelnatz
Marx Lassalle Gorki Klett Leibniz
von Ossietzky May Lawrence Irving
vom Stein
Petalozzi Knigge
Platon Pückler Michelangelo Kafka
Sachs Poe Kock
Liebermann
de Sade Praetorius Mistral Zetkin Korolenko

Der Verlag tredition aus Hamburg veröffentlicht in der Reihe **TREDITION CLASSICS** Werke aus mehr als zwei Jahrtausenden. Diese waren zu einem Großteil vergriffen oder nur noch antiquarisch erhältlich.

Symbolfigur für **TREDITION CLASSICS** ist Johannes Gutenberg (1400 — 1468), der Erfinder des Buchdrucks mit Metalllettern und der Druckerpresse.

Mit der Buchreihe **TREDITION CLASSICS** verfolgt tredition das Ziel, tausende Klassiker der Weltliteratur verschiedener Sprachen wieder als gedruckte Bücher aufzulegen – und das weltweit!

Die Buchreihe dient zur Bewahrung der Literatur und Förderung der Kultur. Sie trägt so dazu bei, dass viele tausend Werke nicht in Vergessenheit geraten.

Märtyrer oder Verbrecher?

Levin Schücking

Impressum

Autor: Levin Schücking
Umschlagkonzept: toepferschumann, Berlin

Verlag: tradition GmbH, Hamburg
ISBN: 978-3-8424-1277-4
Printed in Germany

Ziel der TREDITION CLASSICS ist es, tausende deutsch- und
fremdsprachige Klassiker wieder in Buchform verfügbar zu
machen. Die Werke wurden eingescannt und digitalisiert. Dadurch
können etwaige Fehler nicht komplett ausgeschlossen werden.
Unsere Kooperationspartner und wir von tradition versuchen, die
Werke bestmöglich zu bearbeiten. Sollten Sie trotzdem einen Fehler
finden, bitten wir diesen zu entschuldigen. Die Rechtschreibung der
Originalausgabe wurde unverändert übernommen. Daher können
sich hinsichtlich der Schreibweise Widersprüche zu der heutigen
Rechtschreibung ergeben.

1

Als ich vor nun schon vielen Jahren meinen jetzigen Wohnsitz in einem von der von der Welt abgelegenen Dorfe bezog, sah ich mich zur Befriedigung jenes Geselligkeitsbedürfnisses, das jedem Sterblichen innewohnt und ihm auch unter den ihm gleichgiltigsten Leuten treu bleibt, auf zwei Personen beschränkt, welche meine nächsten Nachbarn waren. Es waren die Bewohner des Pfarrhofes, in dessen bescheidene Gartenanlagen eine über den uns trennenden Bach geschlagene Brücke führte.

Der protestantische Pfarrhof spielt eine große Rolle im Kulturleben und in der geistigen Entwicklung unseres lieben Vaterlandes. Männer, welche aufs mächtigste in diese Entwicklung eingegriffen haben, verdanken ihm ihre Erziehung und Bildung; sie sind auf ihm jung geworden, und ihre ganze Wesensausprägung hat nie den Einfluß verleugnet, welchen der Charakter der Umgebung, in der ihr Gedankenleben aufblühte, auf sie übte. Und viele andere Männer wieder verdanken ihm in reiferen Jahren die Ruhe und Seelenstille, welche sie zum Austragen philosophischer Anschauungen, zum Ergründen wissenschaftlicher Probleme oder auch nur zur bloßen fördernden Literaturarbeit bedurften! Wie vieler berühmten Menschen Wiege stand auf einem Pfarrhof, wie vieler Dichter Lieblingsschauplatz für ihre Fiktionen ist der Pfarrhof; mit einem Pfarrhof-Idyll pflegt der junge Autor zu beginnen, der seinen ersten Genie-Ausbruch schäumend von Freundschafts- und Liebesgefühlen sich ergießen läßt.

Es steht anders um den katholischen Pfarrhof, und von einem solchen soll hier die Rede sein. Die Rolle, welche er in der Literatur spielt, ist gar klein; Initiative und Propaganda neuer Gedanken verdankt die Welt ihm nicht in erheblichem Maße; und als Mittelpunkt dichterischer Fiktion zu dienen, ist er wenigen geeignet erschienen, wenn auch Don Abbondio, der würdige Curato von den Ufern des Comosees, mit seiner Perpetua und seinem Heimwesen aufs beweglichste von Alessandro Manzoni abgeschildert ist.

Über diese Unangetastetheit seines stilleren Daseins wird sich der katholische Pfarrhof nun freilich nicht beklagen. Bene vixit qui bene latuit. Und in der Tat, es lebt sich ganz gut auf ihm. Was aber den

Stoff zur dichterischen Behandlung angeht, so steht er an Reichtum daran sicherlich dem protestantischen weniger nach, als man wohl glaubt. Wenigstens sind Dramen des Herzenslebens, innere Gemütskonflikte und schwere Gedankenkämpfe, welche in hoffnungslosem Ringen sich in tiefes Schweigen hüllen mußten, auf ihm sicherlich mehr durchlebt, erlitten und zu tragischem oder gutem Ende geführt worden als auf jenem; und die Fiktion, welche den vertieften Erscheinungen allgemeinen, Menschenloses nachgeht, könnte eine Fülle der Gestalten voll realistischer Wahrheit und voll tieferregender Macht auf unsere Phantasie und unsere Empfindungen entdecken, wenn sie sich heimisch zu machen wüßte an dem flackernden Herde, an dem der würdige Mann Gottes mit dem ergrauten Haar seine müden Füße ausstreckt, nach seinen Wanderungen und Gängen durch Wetter und Wind und durch »des Pfarrers Woche«.

Es waren zwei geistliche Herren, welche den mir benachbarten Pfarrhof bewohnten. Der Pfarrer, ein mittelgroßer, ziemlich beleibter und bejahrter Mann mit einem offenen, überaus gutmütigen und blühenden Gesicht und einem ziemlich leeren Ausdruck der großen, wasserblauen Augen, offenbar ein überaus ruhiges und friedliches Gemüt, das das Leben, seine Aufgaben und seine Pflichten so aufnahm und getreulich erledigte wie seine Horen, Epistelfragmente und Lektionen in seinem Brevier, wie sie eben nacheinander nach den Jahreszeiten und Oktaven gereiht so dastanden, von Leuten, die wohl ihre Gründe dazu gehabt haben mußten, so nebeneinandergestellt und nicht anders. Ich habe ihn nie über etwas klagen oder etwas in seiner Lebensordnung anders wünschen hören; nur über seine Haushälterin klagte er, die seine Liebe zu Tieren nicht teilte und zuweilen mörderische Eingriffe in seinen Hühnerhof machte, ohne auf seine Protestaktionen und die intellektuellen Entwickelungen der selbstgezüchteten jungen Hähnchen Rücksicht zu nehmen, über deren Gedeihen er so recht eigentlich *ab ovo* gewacht. Zuweilen tauchte in den Reden des gutmütigen Herrn freilich wohl, wie ein plötzlich aufzuckendes und rasch wieder verlöschendes Lichtblinken, ein Wort, eine Äußerung auf, die verriet, daß auf dem Grunde seiner Seele auch der grübelnde Gedanke liege, das kleine stille Korn, das in so manchem Priester liegen mag, aber das er nicht keimen und wachsen lassen darf. »Es trägt so mancher«, sagte er wohl, »seine moralischen Tuberkeln in seiner Seele mit sich herum, aber im Lauf der Jahre sind sie verkapselt und unschädlich für seine Gesundheit geworden«, oder ein anderes Mal: »Den Hund, der unseren Herrgott anbellt, den Zweifel, haben wir wohl alle einmal in uns in Dressur nehmen müssen, bis er kuschen gelernt hat.« – »Die Philosophen«, sagte er auch, »bilden sich ein, der Magen der Menschheit vertrage den Glauben nur noch in homöopathischen Dosen, als ob der Glaube eine Medizin wäre und nicht eine unumgängliche Nahrung der armen Menschenkinder.«

Eigentümlich war des Pfarrers Verhältnis zu seinem jüngeren Hilfsgeistlichen, einem Mann von etwa fünfunddreißig Jahren und einer ziemlich auffallenden äußeren Erscheinung. Er war eine hohe, schlanke, mehr magere als volle Gestalt mit ein wenig vorgebeugter Haltung; sein dunkles Haar war länger, als man es gewöhnlich bei dem Manne aus dem Klerus sieht, und wellte sich gekräuselt über den auffallend stark über den Schläfen vorgewölbten Scheitelteilen, die den Sitz des Idealismus bilden sollen; ein großes, leuchtendes, braunes Auge unter hochgeschwungenen Brauen und ein regelmäßig gezeichneter, schwellender Mund, dessen Lippen oft aufzuckten, als wollten sie in ein verachtungsvolles Lächeln übergehen, zu dem es dann doch selten kam, der ganze tiefernste Ausdruck des Gesichts, alles das machte ihn auf den ersten Anblick anziehend und deutete auf eine ungewöhnliche Individualität.

Diese aber schien nicht von einer Art zu sein, die sich dem Pfarrer anziehend oder auch nur behaglich gemacht hatte, so leicht es auch scheinen mußte, des gutmütigen alten Herrn Freundschaft zu gewinnen und mit ihm auf den Fuß einer warmen und über Formen sich hinwegsetzenden Rückhaltlosigkeit des Verkehrs zu kommen. Ich fand bei meinen Besuchen nie beide zusammen; erst mein Erscheinen brachte den einen oder anderen herbei, und alsdann noch behielt das Gespräch etwas Geteiltes, als ob sie wechselseitige Anreden vermieden und vorzögen, alle Gedankenäußerungen sich einander indirekt und wie an mich gerichtet zu machen. Die beiden geistlichen Herren schienen entweder durch irgendeinen Hader, den sie zusammen gehabt, auseinandergekommen oder durch irgend etwas, dessen zwiespältige Auffassung sie einander fernhielt, innerlich getrennt zu sein. Es ging mich nichts an, was es war, und mochte ja auch im Grunde sehr unerheblicher Natur sein, nur durch die Einsamkeit, durch den Mangel an größeren oder höheren Interessen, der aus so manchen Mücken Elefanten wachsen läßt, zu einem Etwas geworden, was die beiden Männer nicht zu einem gemütlichen Verkehr in einer Lebenslage kommen ließ, in welcher sie doch so sehr darauf angewiesen waren.

Im übrigen schien mir die Schuld, wie ich mir nach einiger Beobachtung sagen mußte, nicht auf der Seite des jüngeren Mannes, wenigstens nicht in seinem Verhalten gegen den älteren, zu liegen. Er zeigte sich gegen diesen von einer kühl förmlichen, doch beflissenen Aufmerksamkeit; er war immer in der Haltung, welche das Bewußtsein des Untergebenseins bereitwillig zur Schau trägt; sein ganzes Wesen war ja überhaupt das eines Mannes, der aus einer Welt guter, geselliger Formen in diese ländliche Welt gekommen. Damit stimmte denn ja auch, daß ich eines Tages – er begegnete mir auf seiner Rückkehr aus der nächsten kleinen Stadt – ein schwarzweißes kleines Band, ein Ordensband, durch sein Knopfloch schimmern sah. So etwas ist etwas höchst Außergewöhnliches bei unsern Klerikern; er hatte es sich in einem Feldzuge als Krankenpfleger verdient. Übrigens mußte die Art von Freiwilligkeit, welche er in die durch seine Stellung ihm aufgezwungene Rücksichtnahme gegen den Vorgesetzten zu legen wußte, ihm nicht eben ganz leicht werden. Denn es konnte ihm das Bewußtsein nicht fehlen, daß er diesen Vorgesetzten an Kenntnissen, allgemeiner Bildung und an Schärfe des Urteils um Kopfeslänge überragte; wie offenbar auch der Kreis, dem er durch seine Geburt angehört hatte, ein gebildeterer gewesen war als der der ehrlichen Bürgersleute, von denen der Pfarrer abstammen mochte.

Als ich ihm damals bei seiner Rückkehr aus der Stadt begegnete und ich mich für den Heimweg ihm angeschlossen hatte, trug er ein paar Bücher unter dem Arm, und als ich ihn fragte, welche Lektüre er sich mit heimgebracht, zeigte er sie mir. »Es sind nur ältere Bücher«, sagte er, »die ich mir habe neu binden lassen müssen ...«

»Weil Sie sie als Ihre Lieblingsautoren arg zerlesen hatten?« antwortete ich, nach den Titeln schauend. Ich fand Bulwers »Eugen Aram« und Burckhardts »Kultur der Renaissance«, ein wenig überrascht über diese Bestandteile einer ländlichen Kaplansbibliothek. »Sagt Ihnen ›Eugen Aram‹ so zu?«

»Er sagt mir nicht zu, aber er fesselt mich«, gab er mit einem gewissen Zögern, mit einem Ton von Gleichgültigkeit zur Antwort.

»Dieser Versuch, uns das Unmögliche möglich zu zeigen?«

»Unmöglich? Was ist unmöglich?«

»In der Wirklichkeit vielleicht nichts. Für den Dichter, den Künstler vieles.«

»Auch eine Gestalt wie Eugen Aram?«

»Ja. Die dichterische Verwertung des Verbrechens scheint mir nur da möglich, wo eine gewisse Größe in der Tat liegt, weil sie eine Tat persönlicher Aufopferung ist, oder wo der spontane Affekt einer berechtigten Leidenschaft zu ihr hinriß. Beide Momente fehlen Eugen Aram, und so scheint mir, daß der Autor mit seinem Buch nur ›Öl und Mühe‹ verloren.«

Er schwieg darauf, um nach einer Pause zu sagen: »Sie mögen recht haben, daß das entschuldigende Moment, die uns verständliche, unsere Sympathien an sich reißende Leidenschaft, ihm fehlt. Er hat nur die Entschuldigung des ›Der Zweck heiligt die Mittel‹, und diese reicht in seinem Fall bei weitem nicht aus.«

»Gibt es Fälle, wo sie ausreicht?«

»O sicherlich«, antwortete er jetzt mit einer gewissen Lebhaftigkeit. »Mir scheint nichts törichter als der Sturm, der sich sofort erhebt, wenn man diesen Satz verteidigen will. Die Hälfte von allem, was geschieht, die Hälfte unserer Institutionen beruht auf diesem Satz, muß durch ihn seine Rechtfertigung finden. Der Arzt gibt mir Gift ein, wenn er dadurch meine Genesung hofft; so ist das ganze Leben mit Gift durchtränkt, das zur Aufrechterhaltung seiner Gesundheit nötig ist; der Krieg, die Todesstrafe, die Eintreibung der Steuer vom Armen, alle die Beschränkungen unserer natürlichen angeborenen Freiheit, denen wir uns zu unterwerfen haben! Wir lügen dem Kinde vor, dem die Wahrheit nicht taugt, wir betrügen den Irren, den wir in eine Heilanstalt locken wollen ...«

»Pater Gury würde Sie mit Vergnügen plädieren hören«, unterbrach ich ihn lächelnd.

»Kennen Sie ihn?«

»Nein.«

»Desto besser. Er ist eine der Spitzen jener ganz falschen Richtung in der Kirche, die nicht spricht, der Zweck heiligt die Mittel, sondern das Mittel heiligt den Zweck. Durch das heilige Mittel des Glaubens wird der Zweck, die Fesselung des Geisteslebens und seine Unterwerfung, gerechtfertigt. Sie sehen mich erstaunt an, weil ich solche Gedanken ausspreche?«

»In der Tat, es überrascht mich ...«

»Daß ein Geistlicher über seine Kirche sich in einer Weise ausspricht, welche unser Pfarrer wohl das Bellen des nicht genug von mir dressierten Hundes Zweifel nennen würde? Aber das braucht Sie nicht an mir irre zu machen. Ich bin darum doch ein ganz treuer Knecht. Wir reden wohl ein anderes Mal mehr darüber – für jetzt macht es uns diese kleine blonde Schmutzbande unmöglich, die herbeigestürzt kommt, mir die Hand zu reichen!«

Wir hatten den Anfang der Dorfgasse erreicht, und in der Tat kamen von den vor den Häusern spielenden Kindern ganze Häuflein herbeigelaufen, um dem geistlichen Herrn die Hand zu reichen.

2

Ich hatte dem Kaplan meine kleine Büchersammlung zur Disposition gestellt; er kam von Zeit zu Zeit, davon Gebrauch zu machen, aber mit großer Diskretion – es schien ihm mehr darum zu tun zu sein, sich die Büchertitel anzusehen und mit mir, der unterdes im Schaukelstuhl seine Zigarren rauchte, darüber zu plaudern, als just viel verschiedenartiges Lesefutter zu erhalten. Geschichtswerke zogen ihn am meisten an.

Über Politik sprach er wie ein Kind, das doch zuweilen in seiner Naivheit eine große Wahrheit findet, wie ein blindes Huhn ein Korn. »Der Staat«, sagte der Kaplan, »wird in seinen Kämpfen mit der Kirche immer der Schwächere sein, denn der Staat ist doch nur die Regelung der um des Ganzen willen nötigen Freiheitsbeschränkungen des Menschen – und die Kirche die Wiederherstellung seiner Freiheit, indem sie ihn diese in seinem Innern finden lehrt. Sie wird deshalb den Menschen immer lieber sein als das notwendige Übel, der Staat.«

»Dawider ließe sich«, antwortete ich, »so viel und noch mehr sagen als wider das Pater-Gury-Prinzip, welches Sie neulich aussprachen. Dabei aber fällt mir ein, daß Sie mir noch die Erklärung dessen, was Sie von einer ganz falschen Richtung in der Kirche sagten, schuldig sind.«

»Nun ja«, versetzte er, sich von den Büchern abwendend und sich mir gegenübersetzend, um ebenfalls eine Zigarre zu nehmen, »ich meinte die Richtung, welche vollständig die Machtsphäre der Religion verkennt und sie über das ganze Gebiet der Moral ausdehnen will. Der Mensch bedarf der Religion, des Glaubens, das ist einmal der allgemeine Zug seiner Natur, von dem noch kein Volk, ja schwerlich auch ein einzelner sich innerlich ganz frei gemacht hat. Und der gewöhnliche, der Durchschnittsmensch, der weder Denker noch Naturforscher ist, bedarf eines offen bekannten oder versteckten Polytheismus. Gerade die begabtesten, an geistigen Anlagen bevorzugtesten Völker sind die größten Ausbilder polytheistischer Vorstellungen ...«

»Zugegeben – und Sie folgern daraus?«

»Daß unsere Kirche die den menschlichen Bedürfnissen am befriedigendsten und vollständigsten entgegenkommende Religionsanstalt ist. Aller Idealismus, der mit seinem unerstickbaren Verlangen im Menschen liegt, kann in ihr sein Genügen finden, dem Volk ist sie alles – die Festordnerin, die Erfreuerin durch Tempelschmuck, Feierzüge, Musik; die hilfreiche Mutter, die den Schmerz versteht, die ihn tröstet, die die jenseitige Ausgleichung des hier im Diesseits Erlittenen und Entbehrten gewährleistet. Dem polytheistischen Bedürfnisse der Volksseele kommt sie mit ihren Heiligen, ihrem Marienkultus entgegen ...«

»Mit ihren wundertätigen Lokalheiligen ...«

»Auch damit«, fuhr er fort, »gewiß. Damit aber endet ihre Aufgabe, damit ist ihre Macht erschöpft. Das Menschengeschlecht einer höheren Entwickelung zuführen – das vermag sie nicht. Die Menschen ändern, bessern, das Kunstgebilde Mensch mit ziselierender Hand ausarbeiten und verfeinern, das kann sie nicht. Sie kann sich um die Erziehung Mühe geben, hat ja auch ihre Verdienste auf diesem Gebiet – den der Schule entwachsenen Erdenbürger aber muß sie laufenlassen und machtlos zusehen, wie er mit seinem Charakter, seiner Natur, seinen angeborenen Trieben Gutes oder Böses anrichtet.«

»So leugnen Sie jeden Einfluß des Glaubens auf die Moral?«

»Jeden. Und das eben ist die falsche Richtung unserer Stimmführer und leitenden Kräfte, daß sie mit ihrem Glauben die Menschen moralischer, besser, den Gesetzen gehorsamer machen zu können wähnen, und vor allem den Gesetzen gehorsam, welche sie selbst geben und womit sie die Welt sich selbst unterwerfen und dienstbar machen wollen. Das heilige Mittel, der Glaube, soll zu diesem sehr selbstischen Zweck dienen.«

»Und erreicht doch nicht viel auf diesem Gebiet«, unterbrach ich ihn.

»Manches freilich«, sagte er abbrechend, sah eine Weile den blauen Wölkchen seiner Zigarre nach und schien dann in ein zerstreutes Wesen zu versinken, ein Verlorensein in Gedanken, das ich öfter an ihm bemerkt hatte.

»Leugnen Sie auch den Einfluß einer Einrichtung wie Ihres Beichtstuhls auf die Moral?« fragte ich ihn nach längerer Pause.

Er blickte auf, wie aus seiner Zerstreuung erwachend, sah mich mit einem Blicke an, der etwas von plötzlichem Erschrockensein hatte, und dann stand er auf und trat, ohne mir zu antworten, wieder an die Bücherrepositorien.

Ich blickte der hohen, schlanken Männergestalt nach und fragte mich, was dieser offenbar reich begabte und originell denkende Geist durchlebt haben mußte, um sich endlich mit einem Berufe ausgesöhnt zu finden, der doch schwerlich sein eigentlicher und wahrer war. Sein Reden deutete doch hinreichend klar an, daß er gerungen und gekämpft haben müsse, bis er zu einer Auffassung seiner Kirche gekommen, die ihn mit seinem Berufe versöhnte und einen »ganz treuen Knecht« seiner Kirche, wie er sich genannt hatte, sein ließ. Er hatte offenbar die Sache ernst genommen; er hatte nicht, wie so mancher in seinem Stande, die theoretischen Fragen auf sich beruhen lassen und nur die Erreichung einer guten Pfründe im Auge behalten; er hatte endlich seine Seelenruhe in dem Bewußtsein gefunden, wie immer es mit den theoretischen Fragen sich verhalten mochte, eine würdige Lebensaufgabe zu erfüllen, indem er die Menschen seiner Gemeinde mit dem idealen Stoff speiste, den das Volk nur in der Kirche zu finden weiß und nur von ihr verlangt.

Aber immer sympathischer wurde mir dieser Mann, wie er geistig vor mir wuchs, und immer anziehender seine Erscheinung. Dabei fiel mir ein, wie wunderlich es sei, daß seine Obern nicht seine geistige Bedeutung erkannt – Männer wie er, mit seinem Äußern, seinen gesellschaftlichen Formen, pflegten doch keine Dorfkapläne zu bleiben, sondern sich bald in der Laufbahn zu den Prälatenwürden zu sehn.

Unterdes fuhr auf dem Hofe ein elegantes, einspänniges Wägelchen vor, und ein kleiner, stämmig gebauter Herr mit grauem Vollbart sprang herunter, der Arzt aus der nächsten Stadt, der im Dorfe seinen »Giro« zu machen kam und dabei zu einem freundschaftlichen Geplauder einzukehren pflegte. Als der Kaplan ihn erblickte, griff er mit einiger Hast, wie mir schien, nach seinem Hut und empfahl sich – es war, als ob er die Begegnung mit dem Heilkünstler vermeiden wolle. Beide gingen kühl grüßend in dem Vorraum aneinander vorüber.

»Sie sind befreundet geworden mit dem Kaplan Bärholm?« sagte der lebhafte kleine Herr, indem er sich auf dem Platz, den jener vorher eingenommen, niederließ.

»Natürlich, er ist mein Nachbar und ein interessanter Mensch ...«

»Ohne Zweifel – nur zu interessant!«

»Zu interessant? »Wie ist das zu verstehen?«

»Nun, durch seine Geschichte. Freilich«, fuhr er lachend fort, »das ist etwas für Sie. Sie können da ergründen, psychologisch analysieren, ein merkwürdiges Problem lösen.«

»Ich verstehe Sie nicht. Welches Problem ist da zu lösen? Wie ein solcher denkender Kopf, ein Mann, dem zu seinen Geistesgaben doch auch wohl das Salz der Kritik zugegeben ist ...«

»... mit den Bauern den Marienmonat durchbetet? Als ob sich's darum handelte! Sie tun sehr unschuldig und bedürfen dessen bei mir nicht. Ich bin Zeuge, Sachverständiger in der Sache gewesen.«

»Aber ich bitte Sie, Doktor, in welcher Sache?«

»In der Untersuchung wider den Kaplan Bärholm. Wissen Sie denn wirklich nicht ...«

»Von einer Untersuchung wider ihn? Nichts!«

»Sieh, sieh, wie man auf dem Dorfe diskret ist, wenn – wenn es sich um solch einen geistlichen Herrn handelt!«

»So sagen Sie doch, in welche Untersuchung war der arme Mensch denn verwickelt?«

»In eine Untersuchung wegen Raubmord.«

»Ah«, rief ich aus, »hätte mein Sessel nicht die feste Lehne, so würde ich wahrhaftig auf den Rücken fallen! Was sagen Sie, wegen ...«

»Raubmord, der freilich nicht ganz geglückt ist – Raubmordversuch also, schärfer ausgedrückt.«

»Unser Kaplan hier?«

»Derselbe.«

»Aber um unsres Heilands willen, wie war's möglich, eine so absurde Anschuldigung wider einen Mann zu erheben ...«

»... gegen den die schwersten Indizien vorlagen? Es war sehr natürlich, daß man eine Untersuchung einleitete, sehr natürlich, denk' ich!«

»Und das Ergebnis?«

»Freisprechung! Freilich.«

»Nun sehen Sie also!«

»Ich sehe nichts Beweisendes darin. Im Gegenteil, ich glaube ...«

»An seine Schuld? Unmöglich!«

»Unmöglich ist ein Wort, das man nicht mehr ausspricht, wenn man so alt geworden wie ich«, sagte der Doktor lächelnd.

Ich dachte daran, daß mir unlängst Kaplan Bärholm bei der Besprechung des Bulwerschen Romans dasselbe gesagt.

»Es ist nicht allein alles, just alles möglich«, fuhr der Doktor fort, »sondern schon dagewesen, schon vor Rabbi Akibas Zeiten dagewesen!«

»So etwas, wenn Sie erlauben, aber doch nicht. Ich bitte Sie, erzählen Sie mir die Geschichte, Doktor.«

»Das will ich, nur nicht im Augenblick. Ich muß vorher im Dorfe nach meinen Kranken sehen. Wenn ich sie beruhigt habe, komme ich zurück, Ihre Spannung zu befriedigen.«

»Einverstanden«, sagte ich, »also auf Wiedersehen!«

3

Mehr als eine Stunde später saß der Mann der Heilkunde, bereit, mir seine Unheilkunde zu geben, unter der weitschattigen Linde in meinem Garten, mir gegenüber. Wir hatten eine Flasche ehrlichen, reinen Julius-Spital-Weines zwischen uns – der allgemeine und wirksamste Tröster jeglichen Menschenleides ist im Laufe des schwindelhaften Jahrhunderts ein so unsicherer Geselle und arglistig gemischter Charakter geworden, daß man seiner Aufrichtigkeit und Harmlosigkeit erst sicher, wenn man ihn als Spitalgreis ermittelt. Dazu gurrten die Tauben auf dem nahen Dach, die Bienen summten in den Lindenblüten, und einzelne Sonnenstrahlen glitten durch das Laubdach bis in unsere Kelchgläser hinein, um goldene Lichter darin zu entzünden; es war wohl nicht der rechte Ort und die richtige Stunde, um da eine dubiöse Mordgeschichte anders als mit einem absoluten Drange zu mildchristlicher Skepsis aufzunehmen.

»Sie müssen wissen«, begann der Doktor, »Sie müssen wissen, daß unser Kaplan Bärholm früher Hofmeister beim Grafen Rodenburg war, der mit seiner ziemlich köpfereichen Familie damals auf Kophorst wohnte, etwa anderthalb Stunden von hier, jenseits des großen Moores, das hinter Ihrer Dorfmarkung beginnt und sich bis an die Fichtenwaldungen hinzieht, die schon zu Kophorst gehören. Der Graf besitzt weniger ausgedehnte, aber schöner gelegene Güter im Süden unseres Landes, wissen Sie, und hat längst eines derselben, das schön im Rheintal liegt, zu seinem bleibenden Wohnsitz einrichten lassen – auf Kophorst erscheint er jetzt nur noch selten. Damals aber wohnte er dort beständig, und dort sind seine beiden ältesten Söhne herangewachsen, welche Bärholm erzogen hat. Und zwar mit dem zufriedenstellendsten Erfolge – die gräfliche Familie soll an dem Erzieher sehr gehangen und ihn mit allen möglichen Rücksichten behandelt haben; als er seine Aufgabe beendet und die beiden jungen Herren, um beim Militär einzutreten, das Vaterhaus verlassen, soll auch Graf Rodenburg es bewirkt haben, daß Bärholm just hier als Hilfsgeistlicher angestellt worden – er habe den ihm liebgewordenen Mann in seiner Nachbarschaft zu halten gewünscht.

So hat denn unser Kaplan, auch nachdem er die Gemächer des alten Grafenschlosses mit den engeren, aber gemütlicheren Giebelzimmern Ihres Pfarrhauses vertauscht, noch fortwährend mit der Familie in Verbindung gestanden und ist an manchem Sonntagnachmittag, nach der Katechese, nach Kophorst hinausgewandert, um dort Schutz gegen die tödliche Langeweile eines solchen Sonntagnachmittags auf dem Lande zu finden. Er hat auch nicht unterlassen, sich der Familie noch fortwährend mit allerlei kleinen Diensterweisungen nützlich zu machen; er hat die für den Hausgebrauch nötigen Verse und Gedichte zu den kleinen Festlichkeiten besorgt, dem Grafen alte lateinische Urkunden abgeschrieben und der Frau Gräfin zu ihrem Namenstag wunderbar geschmackvoll geordnete Feldblumensträuße überreicht.

Eines Tages nun« – der Doktor unterbrach sich, um sein Glas zu leeren, und sagte dann: »Kennen Sie den Auktionskommissar Elshorn, der Ihre Gegend hier unsicher macht?«

»Sicherlich«, versetzte ich, »er hat mich ein paarmal ziemlich zudringlich mit Dienstanerbietungen belästigt; mir war der Mensch mit den zwei weit auseinanderliegenden Augen, die seinem großen Kopfe mit dem dicken blonden Schädel etwas Eulenartiges geben, widerwärtig, unheimlich.«

»Nun gut«, fuhr der Doktor fort, »so wissen Sie auch wohl – sein Ruhm vor unserem Herrgott mag ja groß und ganz schneeweiß sein, denn er ist ein fleißiger Kirchgänger –, daß sein Ruf bei den Leuten jedoch in allerlei bedenklichen Farben schillert – der Leumund hat so seine Spektralanalyse, die mit achtbarer Sicherheit fungiert, und diese in unserem Falle weist allerlei unschöne Striche im inneren Kern des Herrn Elshorn auf. Doch lebt er in guter Harmonie mit der Justiz und anderen konstituierten Gewalten, hat einige Schulen besucht und weiß zu reden wie ein Buch – für die unteren Klassen des Gymnasiums.«

»Nun also, dieser Herr Elshorn ...«, unterbrach ich ihn.

»Dieser Herr Elshorn befindet sich«, fuhr der Doktor fort, »an einem schönen Sonntagnachmittage in dem großen, zu Kophorst gehörenden Dorfe. Er hat da Geschäfte abzuwickeln, er hat Gelder einzuziehen, er hat mit dem Mühlenpächter, mit dem er Getreidegeschäfte macht, abzurechnen. Erst am späten Abend – es ist im

Herbste und die Nacht bei verhülltem, mondtrübem Himmel dunkel eingebrochen – bricht er auf, um, den Weg über Ihr Dorf hier nehmend, weiter nach seiner Hofbesitzung heimzugehen. Er geht allein der Chaussee durch die Tannenwaldungen von Kophorst nach. Als er auf die offene Fläche, wo die Chaussee sich zu dem Moore niedersenkt, hinauskommt, sieht er, daß er beinahe eine Männergestalt eingeholt hat, welche vor ihm desselben Weges wandert, und bald auch nimmt er wahr, daß die hohe, vor ihm wandelnde Gestalt unser Kaplan sein muß, nach Figur und Gang, soviel ihn das wolkenbedeckte Mondlicht erkennen läßt. Beruhigt beeilt er seinen Schritt, und dem vor ihm Wandelnden zur Seite gekommen, sieht er, daß er sich nicht getäuscht hat.

›Bin froh, daß Sie es sind, Herr Kaplan‹ sagte er nach der ersten Begrüßung, ›man geht doch immer sicherer, wenn man so in guter Gesellschaft ist, bei der Nacht!‹

›Weshalb?‹ versetzte Bärholm mit einem Ton, als ob die sich ihm aufdrängende Gesellschaft nicht just das wäre, was er wünsche. ›Man geht bei der Nacht so sicher wie bei Tage in unserer rechtschaffenen Gegend.‹

›Nun ja, dem ist auch wohl so‹, versetzte Herr Elshorn, ›und jeder, der mit einer leeren Tasche wandert, geht durch dies ganze einsame Moor, ohne auch nur einen argen Gedanken zu fassen. Wenn man aber, wie ich eben, sich mit einer schweren Geldkatze zu schleppen hat, so sorgt man sich ganz von selber, auch ohne einen Grund zu haben – in den dunklen Tannenschonungen hinter uns ist es mir mehr als einmal ängstlich zumute geworden.‹

›Das habt Ihr dafür‹, versetzte der Kaplan lächelnd, ›daß Ihr Euch mit dem ungerechten Mammon schleppt.‹

›Oh, ungerecht ist er nicht‹, fiel Elshorn ein, ›habe lange genug den Müller in Kophorst drücken müssen, bis ich erhielt, was mir zukam; noch heute setzte er mir scharf und tückisch mit seinem alten Kornbranntwein, seinem Steinhäger, zu, um mich weichzumachen – sind alle Schelme, diese Müller, das weiß man ja –, aber ich habe nicht losgelassen, und siebenhundert Taler habe ich richtig herausgedrückt.‹

›Siebenhundert Taler? Ist viel Geld!‹

›Ein artiges Sümmchen ...‹

›Und was beginnt Ihr nun damit?‹

›Muß schon sehen, es unterzubringen; fürs erste nimmt's die Sparkasse.‹

›Gebt es mir, Elshorn, für die Armen! Seid einmal ein guter Christ! Gebt es mir!‹

›Sie sind spaßhaft, Herr Kaplan, das könnten Sie doch selbst zu Ihrem Herrn Grafen nur im Spaß sagen, wenn es auch auf siebenhundert Taler solch einem Herrn weniger ankommt als unsereinem. Haben wohl den Nachmittag auf dem Schlosse zugebracht, muß da immer sehr vergnüglich zugehen; bei solchen Leuten freilich, da kehrt man gern vor und nach ein – wenn man eingeladen ist, heißt das, wie der Herr Kaplan, der spaßhafte Herr Kaplan!‹

Was dann nun nach diesem nicht sehr erheblichen Gedankenaustausch der beiden Wanderer weiter gesprochen ist, wer weiß es? Denn von diesem Augenblicke an beginnen die Umstände dessen, was ich Ihnen erzähle, schwankende Umrisse zu bekommen und sich in ein unsicheres, dämmeriges Licht gleich jenem, das in der fraglichen Nacht auf dem einsamen Wege durch das Kophorster Moor lag, zu füllen. Sicher ist nur, daß eine Stunde später Kaplan Bärholm – nur wenig später, als er sonst heimzukehren pflegte, wenn er den Nachmittag bei den Rodenburg zugebracht – in sein Pfarrhaus zurückkehrte, daß er es ablehnte, von den Speisen zu genießen, welche ihm die Haushälterin vom Abendessen aufbewahrt, und daß er, über große Müdigkeit klagend, sich alsogleich auf sein Zimmer zurückzog, auch am anderen Morgen in der Frühe durch den Mesner, der ihn zu wecken kam, den Pfarrer bitten ließ, statt seiner, da er sich unwohl fühle, die tägliche stille Morgenmesse zu lesen.

Und dann ferner ist sicher, daß in der ersten Frühe dieses Morgens ein Bote von der Hofbesitzung des Herrn Elshorn in unser Städtlein gelaufen kam, um an meiner Türe Klingel und Klopfer in einen rabiaten Wettstreit zu versetzen, wer am meisten Lärm zu machen im Stande sei.«

»Natürlich«, fiel ich ein, »das Frauenzimmer, die Klingel!«

»Und dann, nachdem er Einlaß gefunden«, fuhr der Doktor fort, »mich aufzufordern, sofort nach dem genannten Hofe zu kommen, wo Herr Elshorn an einer lebensgefährlichen Verwundung darniederliege, welche er in der Nacht erhalten habe. Ich ließ einspannen, packte Bistouri und Antiseptika zusammen und fuhr hinaus, den Boten auf dem Bocke mit mir nehmend, um während der Fahrt von ihm Näheres zu erfahren. Aber der Bote wußte nur zu berichten, daß der Herr heimgekehrt sei erst um zwölf Uhr in der Nacht, in Stroh verpackt auf einem einspännigen Wägelchen, das ein armer Kötter, der nebenhergegangen, geleitet habe. Er habe ihn wie tot im Chausseegraben gefunden, habe der Mann gesagt, weiter aber nicht viel Red' und Antwort gestanden; es sei ein dämlicher Mensch gewesen, als ob er seine fünf Sinne nicht alle beieinander habe; er habe den Verwundeten so gefunden, als er, der Kötter, abends allein auf dem Wege von Kophorst dahergekommen; und da er ihn erkannt, habe er von seiner am Rand des Moores liegenden Kötterei seinen Wagen geholt, auch seine Frau zur Hilfe mitgenommen, um ihn auf den Wagen zu heben, und nun bringe er ihn! Das war alles, was mir der Bote melden konnte.

Ich fand den Biedermann Elshorn in einem ziemlich bedenklichen Zustande. Er hatte von hinten her einen furchtbaren Hieb mit irgendeinem stumpfen Gegenstande über den Schädel erhalten; zum Glücke war der Schlag, der, in der Mitte auf die Scheitelhöhe treffend, wohl tödlich gewesen, ein wenig nach linkshin niedergefahren, so daß er, an dieser Seite des Kopfes hingleitend, eine klaffende Wunde gerissen und die Schädelhaut bloßgelegt hatte. Eine Fraktur des Schädels aber hatte nicht stattgefunden, wenn auch Knochenteile – doch, ich will Sie mit dem Näheren verschonen und sage nur, daß außer der Beschaffenheit der Wunde mich die stattgehabte Gehirnerschütterung böse Folgen fürchten ließ. Ich tat, was ich zu tun vermochte, zog auch einen Kollegen herzu – es handelte sich um die Frage einer etwa nötigen Trepanierung – und war so glücklich, das lange Zeit bedenklich hin und her flackernde Lebenslicht in dem Manne zu erhalten, was ich bescheiden weniger meinem Verdienst als der sturm- und wettergehärteten Konstitution des Edlen zuschreibe. Lange Zeit jedoch schwebte er, wie man sich ausdrückt, zwischen Tod und Leben; und es verging eine geraume Zeit, bis er seine Verstandskräfte klar genug geordnet zeigte, um gerichtlich über sein Erlebnis vernommen werden zu können.«

»Ich warte mit Spannung, daß Sie bis dahin kommen werden, Doktor! Was gab er an über sein Erlebnis?«

»Sein Zusammentreffen mit Bärholm, seine Unterredung mit diesem im friedlichen Nebeneinanderwandeln und sodann, daß der Kaplan eine Weile schweigsam geworden, in Gedanken versunken, daß er ein paarmal leis, ganz für sich, aber mit einer anscheinenden Heftigkeit Worte ausgestoßen – daß er sich gedacht: Ei, was hat denn der Kaplan? Hat er in Kophorst auf dem Schlosse eine zu starke Sorte vorgesetzt bekommen? Viel trinken ist doch sonst seine Art nicht. – Daß der Elshorn nun ein wenig rascher vorwärts geschritten und Bärholm allmählich hinter ihn gekommen, bis er ganz urplötzlich einen furchtbaren Schlag mit einem derben Stock von hinten her über den Kopf bekommen, so wuchtig, daß er nur einen kurzen Wehlaut von sich hätte geben können und dann besinnungslos niedergestürzt sei. Ohne Besinnung habe er auch wohl eine gute Weile gelegen, endlich sei er wieder zu sich gekommen, und was er zuerst wahrgenommen, sei gewesen, daß ihm einer mit kaltem Wasser die Stirn kühle, einer, der hinter ihm gestanden und seinen Oberkörper aufrecht gehalten. Er habe ihn auch wohl erkannt, nach einiger Zeit, während er sich zu sammeln gewußt; es sei der Borkhaus, der seine kleine Kötterei am Saume der Heide stehen habe, gewesen. Und im übrigen könne er nicht viel mehr sagen, er sei bald wieder wie ganz von Sinnen geworden, und was mit ihm vorgegangen, wisse er nicht; das erste, was er dann wieder erkannt, sei sein eigenes Bett gewesen, in dem er gelegen, und das Gesicht des Doktors, der sich über ihn gebeugt.«

»Und er gab an, behauptete, er habe den niederschmetternden Schlag von – Bärholm erhalten?«

»Er behauptet das«, fiel der Doktor kopfnickend ein, »und hatte, scheint mir, gute Gründe dazu. Denken Sie nicht auch?«

»Wahrhaftig, Doktor, was ich denken soll, weiß ich absolut nicht ...«

»Vielleicht hilft Ihnen trotz all seiner ›Dämlichkeit‹ Kötter Borkhaus zu den richtigen Gedanken«, sagte lächelnd der Doktor. »Kötter Borkhaus sagte vor Gericht ganz einfach aus, daß er in jener Nacht des Weges von Kophorst dahergekommen, daß er zwei Gestalten, zwei Männer, vor sich wahrgenommen, von denen einer zu Boden gelegen, der andere neben ihm gekniet habe; daß dieser sich an dem Liegenden mit hastiger Bewegung zu schaffen gemacht – was er getan, das habe er nicht sehen können, obwohl er, auf dem weichen Moorboden schreitend, ziemlich nahe an die Gruppe herangekommen; endlich seien seine Schritte aber doch vernommen worden, und nun sei der Kniende aufgesprungen, über den Chausseegraben fort und hastig mit langen Schritten in die Heide hineingeflohen. Nun habe er, daß es der Kaplan Bärholm gewesen, trotz des ungewissen Lichtes recht wohl erkennen können, ganz bestimmt habe er ihn erkannt, seine hohe Gestalt, seinen Gang.

Als er, Borkhaus, sich nun zu dem Niedergeschlagenen gewandt und sich zu ihm niedergebückt, habe er wahrgenommen, daß dieser eine schwere, lederne Geldkatze um den Leib geschnallt getragen; auch, daß die zwei Schnallen mit Riemen, wie sie zum Verschluß dienen, aufgelöst gewesen, außerdem sei die Katze auch noch zugebunden gewesen durch feste Lederschnüre, die in eine Schlinge gezogen, und diese Schlinge, diese Schnüre seien arg verwickelt und wie verfilzt gewesen; der Täter habe sich offenbar Mühe gegeben, sie zu entwirren und den Knoten aufzulösen, um die Katze an sich nehmen zu können. Sein, des Borkhaus, Kommen müsse ihn dabei aufgeschreckt und vertrieben haben. Er habe sich nun Mühe gegeben, den Elshorn, den er im ersten Augenblicke für tot gehalten, wieder zu sich zu bringen.«

»In der Tat«, fiel ich hier schwer betroffen ein, »so ist freilich ein Zweifel nicht wohl mehr möglich! Aber der Angeschuldigte, was erklärte er? Räumte er ein ...«

»Er? Er räumte nichts ein als mit ruhiger, sich stets gleichbleibender Bestimmtheit, daß er auf jenem Wege mit dem Elshorn zusammengetroffen, daß er eine Zeitlang, neben ihm schreitend, sich mit ihm unterhalten habe; daß er jedoch bald wahrgenommen, daß der Mann unsicheren Schrittes gegangen und mit lallender Zunge Dinge gesprochen, welche er einen Augenblick vorher schon einmal gesagt – kurz, daß er betrunken gewesen. Deshalb habe er sich von ihm loszumachen gesucht, sei auf die andere Seite der Chaussee gegangen, habe hier seine Schritte beeilt und sei so' aus den Augen des Trunkenen in der Dunkelheit verschwunden. Wenn nun dieser auf seinem weiteren Wege räuberisch überfallen worden, so sei es psychologisch nicht unerklärbar, daß er mit seinen umnebelten Geisteskräften den plötzlich hinter ihm aufgetauchten Räuber mit der Gestalt des von seiner Seite still, ohne Abschiedswort fortgeschwundenen früheren Begleiters identifiziert habe und so zu seiner absurden Beschuldigung verleitet worden. Wenn der andere dann, Borkhaus, ihn erkannt haben wolle, so könne darauf unmöglich Gewicht gelegt werden; erst nachdem er die Anschuldigung des Elshorn vernommen, werde sich die Vorstellung, daß er in dem aufgeschreckt Davoneilenden ihn, Bärholm, erkannt habe, in seinem Gehirn gebildet und festgesetzt haben.«

»Etwas«, unterbrach ich den Erzählenden hier, »hat diese Erklärung für sich, Doktor ...«

»Etwas, aber doch nicht viel! Doch wurde sie mit solcher ruhiger Sicherheit gegeben, daß der Untersuchungsrichter davon Abstand nahm, den Angeschuldigten verhaften zu lassen. Zu einem schwurgerichtlichen Verfahren kam es aber doch, und die Sitzung, in welcher die Sache zur Verhandlung gelangte, gab sehr interessante Einblicke in die still wirkenden Kräfte, die bis zu jenem Tage tätig gewesen waren, um auf das Endergebnis einen bestimmenden Einfluß zu üben. An Bärholms Verurteilung hatte niemand ein Interesse, aber mächtige Interessen mußten für das Gegenteil, die Freisprechung, sich in die Sache eindrängen. – Sie können sich das ja denken! Eine große Anzahl einflußreicher und durch ihre Stellung eine unbestrittene Autorität übender Leute mußte sich für einen Ausgang erwärmen, der für sie, für ihren Esprit de corps, eine Ehrensache war. Und dazu kam, daß niemand sich für die Persönlichkeit oder das Recht des Angegriffenen zu erwärmen geneigt war; Herr Elsholz war nicht der Mann, dessen Worte im Stande gewesen wären, eine bis zur Unmöglichkeit unwahrscheinliche Tatsache der Welt plausibel zu machen. Herr Elsholz war ein anrüchiger Mensch, ein Leuteschinder, ein Rabulist. Und Kötter Borkhaus – in der Hauptverhandlung war er, dessen Aussagen in der Voruntersuchung so klar und bestimmt gelautet hatten, wieder der ›dämliche Mensch‹; er war unsicher, er widersprach sich; er sei, als er wahrgenommen, was da vor ihm auf der Chaussee vorgehe, so konsterniert gewesen, so erschrocken, daß er nicht viel darüber sagen könne, er fühle sich unfähig, über das einzelne und besondere, was er gesehen und erkannt, etwas Genaues zu beschwören. Auch hatte, wenn man die Zeugen reden hörte, in jener Nacht, in welcher früher ein leidliches, die Umrisse nicht zu entfernter Dinge wohl erkennbar machendes Licht geleuchtet hatte, jetzt etwas wie eine kimmerische Finsternis ihren Schleier über die Welt gebreitet. Viel hing von dem Zeugnis des Müllers von Kophorst ab; und siehe, der Müller, mit welchem Elshorn an jenem Nachmittage verhandelt hatte, bei dem er sich aufgehalten, bis er mit seiner Geldkatze den Heimweg angetreten, ließ sich die schöne Gelegenheit nicht entgehen, für die nachhaltige Kraft seines Steinhäger-Kornbranntweins Reklame zu machen, maß dem Bösewicht von Auktionskommissar, der ihm seine Taler abgezwackt hatte, eine ganz ausreichende Zahl von Gläsern zu und sandte ihn dann recht gründlich betrunken in die Nacht hinaus.«

»Und so erfolgte ein freisprechendes Verdikt?«

»Natürlich; die Jury beriet sich nicht zehn Minuten, und das Verdikt war einstimmig. Kaplan Bärholm aber mußte in seinem Unschuldsbewußtsein dessen so sicher gewesen sein, daß sich nicht einmal sein Gesicht erhellte, als es verkündet wurde. Er vernahm es mit denselben düsteren, menschenfeindlich dreinschauenden Zügen, womit er die Anklage hatte verlesen hören, er wehrte die Glückwünschenden, die sich zu ihm drängten, mit bitteren Lakonismen ab und schien nichts Eiligeres zu tun zu haben, als sich den Blicken aller zu entziehen.«

»Wurde«, fragte ich nach einer Pause den Doktor, »denn in dem Verfahren nicht auch die Frage berührt, ob der Angeklagte sich in irgendeiner Notlage befunden, in einem dringenden Bedürfnisse, sich Geld zu verschaffen – für sich, für andere?«

»Gewiß kam auch diese Frage zur Sprache, und die Antwort fiel ebenfalls für ihn schwer in die Waagschale. Unter all den glänzenden Leumundszeugnissen, die ihm von allen Seiten gegeben wurden, war auch seines Pfarrers Aussage, daß er mit seinen Einkünften immer aufs beste ausgekommen, für Arme und gute Zwecke immer seinen Obolus in Bereitschaft gehabt, daß auch seine Verwandten, sein Bruder, ein verheirateter Angestellter bei der Regierung, in wohlgeordneten Verhältnissen lebten.«

Der Doktor endete damit seine Erzählung und leerte sein Glas.

Ich füllte es schweigend wieder, während der Doktor mit seinem Stecken Figuren in den Sand zu seinen Füßen kritzelte.

»Nun?« sagte er aufblickend nach einer Pause, da ich zu schweigen fortfuhr.

»Nun, Doktor, was soll ich sagen? Wenn einmal nichts, wie Sie behaupten, unmöglich ist, so ist es auch nicht unmöglich, daß die Geschworenen mit ihrem Verdikt Recht hatten.«

»Freilich, weshalb nicht!« rief der Doktor äußerst ironisch aus.

»Ich halte es mit dem Kadi«, fuhr ich fort, »ich frage bei solchem Handel: Où est la femme? Und da Sie mir durchaus nichts im Hintergrunde gezeigt haben, was wie eine Weiberschürze aussähe, so verhärte ich mich in meinem Unglauben!«

»Und machen es, wie der ungläubige Mensch es gewöhnlich macht; er glaubt an Gespenster. Sie lassen eins nachts über das dunkle Moor gehen, um heimkehrenden Auktionskommissaren plötzlich eins über den Schädel zu geben und ihnen den ungerechten Mammon abzunehmen! Où est la femme, fragen Sie? Freilich, die ist nicht da, die ist nirgends zu sehen. Aber belastender scheint mir, daß auch der Strolch, der Vagabonde oder sonst ein Individuum, welches die Tat verübt haben konnte, nicht da, daß nicht die geringste Andeutung zu ermitteln war, es habe sich in jenen Tagen nah oder fern solch ein Subjekt erblicken lassen.«

Ich muß bekennen, daß ich ein wenig in die Enge getrieben war. Es war mir ja auch klargeworden, daß selbst der Pfarrer, selbst die Vorgesetzten des Kaplans von seiner Schuld überzeugt waren, soviel sie getan haben mochten, einen der Ihren vor den Augen der Welt reinzuwaschen. Aber des Pfarrers kaltes Betragen gegen seinen Helfer im Amt, der Umstand, daß dieser unbefördert, unberücksichtigt von seinen Vorgesetzten auf seiner dürftigen Stelle geblieben, alles das fand jetzt seine Erklärung; und seine Erklärung fand auch, daß Bärholm die Blätter seines »Eugen Aram« so eifrig zerlesen, um ihnen einen neuen Einband geben lassen zu müssen.

Es war eine rätselhafte, verwirrende Geschichte; es lag eine unwiderstehliche Lockung darin, zu einem aufhellenden Lichte zu gelangen über das, was auf dem tiefen Grunde solch eines stark und edel erscheinenden Menschenherzens versteckt lag; die Sophismen zu enthüllen, in welche ein hochgebildeter und sonst klar urteilender Geist sich verloren und verirrt haben mußte, um mit fester Hand und kaltem Blut die verruchte Gewalttat zu begehen. Aber den spürenden Beobachter, den lauernden Detektiv, konnte ich bei dem Manne, dessen Wesen mich anzog und der mir zu vertrauen schien, nicht machen. Ich mußte, was ich vernommen, in mich verschließen, wie ja auch die ganze Gemeinde, als ob darüber ein allgemeines Einverständnis herrsche, sie in Schweigen und Vergessen hüllte; ich mußte es darauf ankommen lassen, ob der Zufall mir beistehen würde, von diesem psychologischen Rätsel etwas zu lösen.

4

Der Zufall war nicht so gefällig. Ich fuhr fort, mit dem Kaplan zu verkehren, ohne ihm doch näherzutreten, ihm, was man nennt, befreundet zu werden. Hätte mich nicht der Verdacht gegen ihn in einer gewissen scheuen Entfernung gehalten, so würde es sein Wesen getan haben, das mit seiner Mischung von Bescheidenheit und Selbstgefühl eine gewisse Steifheit der Verkehrsformen beibehielt. Aber aus seinen Anschauungen, seinen Gesinnungen machte er mir gegenüber kein Hehl. Es schien ihm offenbar wohlzutun, sich gegen jemand, der seine Überzeugungen verstand und respektierte, aussprechen zu können. Aber über persönliche Verhältnisse, seine Lebensbeziehungen, seine früheren Erlebnisse erfuhr ich nie etwas. Einmal, als ich das Gespräch auf die Familie des Grafen Rodenburg, in welcher er gelebt hatte, brachte, lobte er in sehr allgemeinen Ausdrücken den Grafen als einen Mann, der geistig seine Standesgenossen weit überrage, und sagte, daß er nicht ohne das Gefühl lebhafter Dankbarkeit an die Jahre, welche er im Kreise dieser Familie hatte zubringen dürfen, zurückdenke. Damit glitt er über das Thema fort und sprach von anderem.

Im Laufe der Tage jedoch nahm ich wahr, daß seine Gesundheit angegriffen war. Er war auch darüber verschlossen und klagte nie; aber er gestand ein Kehlkopfleiden ein, hustete, und es trat eine allmähliche leise Verfeinerung seiner Züge ein, die nichts Gutes andeutete. Die Mahnung, einen Arzt zu Rate zu ziehen, lehnte er kopfschüttelnd ab; und seltsam war es, daß er eine eigentümliche Betroffenheit zeigte, ja erschreckt worden zu sein schien, als ich ihm eines Tages sagte: »Sie müssen etwas für sich tun, Sie müssen. Irgendeine Badekur würde Ihnen helfen. Ems. Ich bin überzeugt, daß Ems Ihnen außerordentlich wohltun würde.«

»Welcher Gedanke!« rief er aus, einen erschrockenen Blick auf mich werfend und dann seitwärts zum Fenster hinausschauend.

»Ich meine, der Gedanke liegt nahe genug.«

»Mir sehr, sehr fern!«

»Weshalb? Wenn' Sie die Kosten einer solchen Kur scheuen ...«

Er winkte heftig mit der Hand der Fortsetzung meiner Worte ab.

»Ich bitte Sie – nur nicht davon. Unsereins gehört nicht in solch eine Badewelt, und – kurz, ich würde unter keinen Umständen hingehen.«

Er sprach das mit solcher Entschiedenheit und solchem Nachdruck aus, daß ich nicht darauf zurückkommen konnte. Ich hätte eine gereizte Antwort fürchten müssen. Unterdes verrann die Zeit; als der Herbst kam, war sein Übel offenbar schlimmer geworden, und als ich einst mit dem Pfarrer darüber sprach, sagte dieser, er verschlimmere es, weil er halbe Nächte über angestrengten Arbeiten sitze, die ihm unmöglich wohltun könnten.

»Über angestrengten Arbeiten?« fragte ich. »Und woran arbeitet er?«

»An einer Monographie über das Sakrament der Beichte, über die Entstehung und Geschichte des Instituts und über seine Wirkungen.«

»Das mag ein ergiebiges Thema sein!« rief ich aus. »Wenn er es erschöpfend behandeln will ....«

»Wozu ihm hier doch die Literatur fehlt«, fiel der Pfarrer mit einem mißbilligenden Seufzer ein.

»So strömen ihm vielleicht desto reicher die Gedanken darüber zu.«

»Gedanken, die wohl besser verschwiegen blieben. Er wird ohnehin, fürcht' ich, sein Werk nie das Licht der Welt erblicken lassen dürfen.«

»Möglich«, sagte ich lächelnd, »möglich, daß es für ihn bitterere Folgen hätte als sein ...«

»Nun ja, nun ja ...«, schnitt mir der Pfarrer hastig und mit raschem Verständnis das Wort ab, das ich ohnehin nicht ausgesprochen hätte.

In den Worten des Pfarrers lag keinerlei Art von Enthüllung, aber sie ließen eine Vermutung in mir aufsteigen. Wenn der junge Priester sich so intensiv mit einer Frage beschäftigte, von der ihn so schwerwiegende Gründe und Rücksichten zurückschrecken mußten, war es dann nicht wahrscheinlich, daß auf irgendeine Weise zwischen dieser Frage und seinen Lebensschicksalen ein Zusammenhang stattfand? Welcher, das wußte freilich der liebe Gott! Darüber je Aufschluß zu erhalten war bei der absoluten, unerschütterlichen Verschwiegenheit, welche Dinge der Art, gleich als seien sie in einen tiefsten Abgrund versenkt, umhüllt, nicht zu denken. Doch kam nur die Idee am Ausgang des Winters noch einmal in mir auf, als ich hörte, Herr Elshorn, der gottesfürchtige Mann, habe sich unerwarteterweise zum Wohltäter eines Klosters, das in der Hauptstadt gebaut werde, aufgeschwungen. Er habe ihm für den Fall seines Todes ein Kapital von siebenhundert Talern geschenkt.

Siebenhundert Taler. War es nicht just die Summe, die ihm Kaplan Bärholm hatte rauben wollen?

Es war eine Frage, auf die es weiter keine Antwort gab als die, welche in der Möglichkeit, sie stellen zu können, zu finden ist.

5

Jahre vergingen; ich hatte für den größeren Teil des Jahres wiederholt mein einsames Dorf verlassen und war stets nur für Sommermonate dahin zurückgekehrt. Die Winter hatte ich in größeren Städten verlebt, und in einer derselben war ich auf die Familie von Rodenburg gestoßen, die ebenfalls für die rauhe Jahreszeit ihren Aufenthalt darin genommen. Als ich mit dem Grafen zum zweiten Mal in einer Gesellschaft zusammengetroffen und mit ihm in ein Gespräch geraten, brachte ich dies geflissentlich auf unsere gemeinschaftliche Heimat, in der Erwartung, er werde mich nach meinem Nachbar, nach dem Dorfkaplan, fragen und sich über ihn äußern. Da er es nicht tat, erwähnte ich selbst den Namen Bärholm als den seines früheren Hausgenossen und meines jetzigen Bekannten. Der Graf zog seine dicken blonden Brauen zusammen und warf wie unwillig seinen Kopf in den Nacken.

»Er ist mein Hausgenosse gewesen«, sagte er, »leider – leider!«

»Sie waren mit seinen Leistungen unzufrieden?«

»Oh, durchaus nicht. Im Gegenteil. Niemand wird ihm glänzende Geistesgaben und Tüchtigkeit abstreiten.«

»Aber Sie teilen den Verdacht, der auf ihm ruht, obwohl ...«

»Verdacht? Von Verdacht kann da wohl nicht mehr die Rede sein. Doch denke ich nicht just an das, worauf Sie hindeuten, sondern an Verhältnisse, die er in meinem Hause anknüpfte und die um so schuldvoller waren, als doch wohl nur darüber ein sehr liebenswürdiges Geschöpf, eine kindlich reine Natur zugrunde ging.«

»Ach, das ist mir völlig neu!« rief ich aus.

»Möglich, aber dennoch ist es ›eine alte Geschichte‹«, versetzte Graf Rodenburg, »welche man gern auf sich beruhen läßt.«

»Gewiß, nur gestatten Sie mir noch eine Frage: Setzen Sie einen inneren Zusammenhang voraus zwischen dem Verhältnis, dessen Sie erwähnten, und der Tat, auf welche ich eben hindeutete?«

»O ganz sicherlich!« entgegnete der Graf lakonisch, und wie unwillig, länger bei dem Gegenstande zu verweilen, sprach er von anderen Dingen.

Mir aber war plötzlich ein Licht aufgesteckt. Voilà la femme! konnte ich mir sagen. »Der alte Kadi hatte einmal wieder recht. Der alte Kadi!« rief ich auch aus, ohne auf des Grafen Versuch einzugehen, von einem anderen Gegenstande zu reden.

»Was wollen Sie mit dem alten Kadi sagen?«

»Nun, Sie kennen doch die Behauptung des alten Türken, daß hinter allem argen Handeln ...«

»Ach ja, und Sie haben recht, es trifft auch hier zu. Wäre die Gouvernante meiner Töchter nicht gewesen, die der junge Priester umgarnt hatte, so würde er wohl nicht einen Raubmordversuch gemacht haben, um sich die Mittel zu verschaffen, mit ihr weiß Gott wohin durchzugehen.«

»Das ist des Pudels Kern also?« rief ich aus.

»Gewiß ist es das«, sagte Graf Rodenburg, achselzuckend und sich dem Büfett zuwendend. Er war auf das Thema nicht weiter zu bringen.

»Das ist des Pudels Kern«, wiederholte ich mir, als ich daheim war, »das des Rätsels Lösung.« Eine Lösung von handgreiflichster, glattester Natur, bei der von romantischem Interesse, von psychologischen Problemen nicht mehr die Rede sein konnte! Das einfache, ganz gemeine Verbrechen! Der junge Pfaff hatte ein argloses Mädchenherz an sich gerissen, und um ganz sein Gelübde brechen und mit ihr durchgehen zu können, war es ihm nicht darauf angekommen, einen einsam Wandelnden, der sich ihm vertrauensvoll angeschlossen, niederzuschlagen und ihm sein Geld abzunehmen. Es lag so klar auf der Hand, und zugleich war es so einfach schlecht, von so gemeiner Schlechtigkeit, daß es unmöglich machte, länger noch mit den Gedanken dabei zu verweilen. Ich wünschte den ganzen Menschen, den ganzen Handel, der mich so viel beschäftigt hatte, zum Henker und legte mich schlafen. Aber weshalb mußte ich in der Nacht fast fortwährend von dem unseligen Kaplan Bärholm träumen? Er stand so gebeugt, so abgemagert vor mir und sah mich mit weitgeöffneten, glühenden Augen an; er schüttelte traurig seinen wunderbar vergeistigten Kopf, der wie das Haupt eines Märtyrers aussah, und dann brach er plötzlich in ein häßliches Lachen aus und sagte: »Ihr seid alle unseres Herrgotts Unglückskreaturen, arme Tiere in seinem Vivisektionsstall«, und gleich darauf war dies Haupt wieder totenbleich, blutig und lag abgehauen in einer Schüssel, die ein nebelhaft gestaltetes Weib als Herodias trug.

6

Ich kam erst ziemlich spät im folgenden Herbste auf das Land hinaus, die Blätter des wilden Weins an den Gartenmauern waren schon blutig rot gefärbt, das Laub der Linden nahm gelbe und braune Tinten an, und der scharfe Nordwest, der über die Stoppelfelder herangeweht kam, riß sie, als ob ihn diese Metamorphose zornig mache, zu Boden, zu Hunderten von den Ästen herunter. Über der Landschaft hing ein grauer Himmel, an dem von Zeit zu Zeit Kranichschwärme südwärts eilends dahinzogen, ihren melancholischen Schrei ausstoßend, als ob sie Wehe riefen über die Welt, der sie entflohen, über den ganzen irdischen »Vivisektionsstall« unseres Herrgotts. In den Zimmern machte sich eine Kälte fühlbar, die schon zum Entzünden der Kamine in den Morgen- und Abendstunden zwang. Draußen aber herrschte noch reges und frohes Leben, die heitere Herbsttätigkeit der Dörfler; das Obst wurde gelesen, die Grummeternte eingefahren und dazu die herkömmliche Herbstmusik mit dem hellen Geklapper der Flachsbrechen von Mädchen und Weibern, die dabei ihre »Schwingtaglieder« sangen, gemacht. Dem heiter beschäftigten Menschen tut eben der sich entblätternde Wald sowenig wie der graue Wolkenhimmel.

Mit Kaplan Bärholm war eine Veränderung seiner Lage vorgegangen; er war so leidend geworden, daß er von seinen gottesdienstlichen Obliegenheiten hatte entbunden werden müssen. Zugleich hatte er die Wohnung im Pfarrhause einem hergesandten jüngeren Hilfsgeistlichen einräumen müssen; er hatte ein paar Zimmer im Hause einer Försterwitwe bezogen, in dem kleinen herrschaftlichen Gebäude, der Dienstwohnung ihres Mannes, die ihr nach seinem Tode noch gelassen worden, weil die Försterstelle aufgehoben war.

Ich hatte mich anfangs um Kaplan Bärholm jetzt nicht weiter gekümmert. Graf Rodenburg hatte mein Interesse für ihn gründlich ausgetilgt; aber nach einigen Tagen kam seine Hausfrau und Pflegerin und teilte mir unter vielen Knicksen und gewundenen Redensarten – es lag etwas Verschrobenes in der alten, süß lächelnden Dame, das einen unvorteilhaften Eindruck machte – mit, daß Herr Bärholm ein so großes Verlangen habe, mich wiederzusehen und zu sprechen, und mich bitten lasse, ihm einmal eine Viertelstunde zu opfern, da sein Zustand ihn hindere auszugehen.

Ich sagte natürlich bereitwillig zu und ging am Nachmittage, als eben die Dämmerung einbrach, zu ihm hinüber. Das kleine Haus, in welchem er wohnte, hatte nur ein Stockwerk, ein Hochparterre; in einem geräumigen, freundlichen, mit allerlei kleinbürgerlichem kindlichem Schmuck von der Frau Försterin ausgestatteten Zimmer fand ich ihn, am Fenster in einem alten Lederstuhl ruhend. Blumen und Blattpflanzen standen davor, die ganze Einrichtung zeigte die weibliche Pflege, und er konnte jedenfalls zufrieden sein, sie eingetauscht zu haben mit den kleineren, öden Räumen im Pfarrhause.

»In der Tat«, sagte er, als ich ihm dazu Glück wünschte, »ich bin über diese Veränderung erfreut. Der Mensch ist abhängig von den Eindrücken seiner Umgebung. Hier im Wohnzimmer der guten Frau, die meine Pflegerin geworden ist, aus den Kammern im Pfarrhofe befreit, die Luft des Pfarrhofs nicht mehr atmend, habe ich ein eigentümliches Gefühl von innerer Befreiung über mich kommen gefühlt. Das Atmen ist meiner kranken Brust leider nicht leichter geworden – aber Geist, Sinn und Herz ziehen freiere Atemzüge ...«

»Sie fühlen sich hier säkularisiert«, sagte ich.

»Säkularisiert, von der Ordensregel entbunden, in die Welt zurückgekehrt«, versetzte er lächelnd, »und wenn mir diese Welt auch nichts mehr sein kann, doch zufrieden mit dem Gedanken, daß ich wieder nach ihren Gesetzen leben kann, mit ihren Rechten auf Freiheit des Denkens und auf Selbstbestimmung des Handelns. So sage ich mir wenigstens selber und beweise es mir und halte trotzig fest; und wenn ich darin irre – nun, mein Gott, was verschlägt's, womit ein kranker Mensch sich die langen Stunden seiner Tage vertreibt, ob mit richtigen Vorstellungen oder mit Trugschlüssen und Sophismen!«

»Um so mehr«, bemerkte ich, »als wohl nicht die geringsten praktischen Folgen damit verbunden sind, ob Sie sich noch im Banne Ihrer Gelübde oder – säkularisiert fühlen.«

»Doch nicht so ganz, wie Sie glauben mögen«, fiel er ein. »Denn sehen Sie, eben in diesem Gefühl einer mir wiedergegebenen Freiheit möchte ich ...«

Er stockte, blickte zum Fenster hinaus und begann mit der abgemagerten, wachsbleichen Rechten an einem Blattstengel des neben ihm stehenden Geraniums zu zupfen; dann fuhr er langsam, wie sinnend, fort: »Eben in diesem Gefühl einer zurückgewährten Freiheit, einer Lösung von Verbindlichkeiten, die schwerer als auf manchem anderen auf mir gelastet haben, möchte ich etwas tun, was ich mir verwehrt glaubte, solange ich mich im Banne fühlte. Ich habe eine Schrift ausgearbeitet, die unumwunden und mit schlagenden Gründen ein Institut der Kirche angreift, die grenzenlose Gefährlichkeit desselben in ethischer Beziehung und das Verführerische, was darin liegt, es zu allen möglichen sehr profanen Zwecken auszubeuten. Ich begann die Arbeit mit dem scheuen Gefühl, daß ich etwas Unrechtes begehe, daß sie nie das Licht der Welt erblicken dürfe. Und heute ...«

»Heute«, unterbrach ich ihn, »ist Ihnen die Arbeit nach und nach ans Herz gewachsen und zum lieben Kinde geworden, das Sie öffentlich anerkennen möchten, auf das Sie stolz sind ...«

Er schüttelte den Kopf. »Es ist nicht Autoreneitelkeit, welche mich drängt, es zu veröffentlichen. Nein, ich möchte damit wirken. Eine Bresche legen in ... Doch, Sie sehen mich mit einem ungläubigen Lächeln an – Sie verstehen den Priester, der seine eigene Kirche angreift aus völlig reinen Motiven, Sie verstehen ihn nicht ...«

Bärholm schien sich ein wenig bei diesen Worten zu erhitzen, seine eingefallenen Wangen färbten sich höher. Ich suchte ihn zu beruhigen, so nahe mir auch der Gedanke lag, daß ein Mann, der selbst so sehr der Verteidigung und Nachsicht bedürfe, besser täte, nicht als Angreifer und Verurteiler aufzutreten.

»Ich begreife den Priester, der seine eigene Kirche aus reinen Motiven angreift, sehr gut«, sagte ich, »denn er wird am besten über die verderblichen Wirkungen dessen, was er als vom Übel erklärt und befehdet, unterrichtet sein.«

»Das eben ist es«, fiel er lebhaft ein, »und sehen Sie, just weil ich so bitter, so unsäglich bitter unter dem, was vom Übel in ihr ist, gelitten habe, weil mein Leben dadurch vernichtet worden ist, habe ich mein Werk geschrieben. Nun habe ich die große, große Bitte an Sie, daß Sie es durchlesen. Ich bin der Form nicht gewachsen, ich weiß es; ich habe mich nie genug von dem Predigttone, der uns angeschult wird, frei machen können. Und doch ist bei Schriften, deren Kern ein polemischer ist, die Form von solcher Wichtigkeit. Die große Bitte, welche ich Ihnen ans Herz legen möchte, ist, daß Sie meine Schrift durchlesen und am Rande anzeichnen, wo ungefüge Satzbildungen oder falsch gewählte Bilder oder unglückliche Wendungen Ihre Kritik herausfordern. Es ist viel von mir verlangt, ich fühle es ...«

»Und doch bin ich bereit dazu«, unterbrach ich ihn mit einem gewissen Zögern, »mich mit einer von meinen Studien so weit abseits liegenden Materie zu belasten«, und so fiel er, forschend in meine Züge blickend, desto rascher ein: »Und ich hoffe, ich versöhne Sie mit der großen Zumutung, welche ich an Sie stelle, indem ich Ihnen offen und klar vor Augen lege, was mich zu meiner Arbeit legitimiert, was mir diese wie eine persönliche Mission aufgegeben hat; was, indem es mein Leben vernichtete, meine unablässig grübelnden Gedanken auf diesen Punkt gerichtet und mein Auge gelehrt hat, durch alle Verhüllungen, Entstellungen und Sophismen zu dringen. Ich habe das alles aufgeschrieben nicht für eines Menschen Auge, und kein Auge noch hat einen Blick hineingetan. Aber Sie sollen es lesen, es wird meine Seele entlasten, wenn ich einen Menschen in der Welt weiß, der mein Schicksal kennt, begreift und, weil er es begreift, verzeiht, und dann – dann wird es Ihnen auch den Priester begreiflich machen, der sich die Kraft Simsons wünscht, um eine Säule im Gebäude seiner Kirche zu zerschmettern!«

Ich horchte bei diesen Worten hoch auf. Das erloschene Interesse an dem unglücklichen Mann war jetzt, wo ich ihn so krank vor mir sah, seine milde Stimme sich in ruhigen, klaren Gedanken ergehen hörte, völlig wieder aufgelebt und konnte nur erhöht werden durch diesen Beweis unbegrenzten Vertrauens, den er mir geben wollte.

»Sie vertrauen mir viel«, sagte ich, »ich danke Ihnen dafür. Doch dürfen Sie sich sagen, daß Sie einen teilnehmenderen Vertrauten und einen, der gewissenhafter Ihre Blätter hüten wird, nicht finden können ...«

Ohne darauf zu horchen, war er aufgestanden, um einen kleinen Eckschrank aufzuschließen, aus dem er ein mäßig starkes Heft und ein starkes kartoniertes Manuskript nahm, dem ich auf den ersten Blick ansah, daß es gedruckt einen ansehnlichen Band füllen würde.

»Es wäre mir lieb«, sagte er, »wenn Sie dies Heft gleich zu sich nähmen. Das schwere Manuskript werde ich Ihnen senden.«

»Geben Sie mir immerhin beides. Es ist am sichersten so.«

»Wie Sie wollen«, versetzte er, tief aufatmend, indem er sich wieder niederließ; die geringe Bewegung, vielleicht auch die Aufregung, in welche ihn das Gespräch versetzte, hatten ihn offenbar angegriffen. Ich leitete deshalb dies Gespräch zu andern, davon fernliegenden Dingen hinüber. Auch suchte ich ihn von der Vorstellung, an welcher er festhielt, daß homöopathische Mittel genügten, sein Leiden zu bekämpfen, abzubringen, fand aber entschiedenes Widerstreben bei ihm, zu unserm Landarzt seine Zuflucht zu nehmen, und endlich ging ich, beladen mit meinen zwei Manuskripten.

Als ich das Haus verließ, gab mir seine Hauswirtin das Geleit. Sie fragte erregt, wie ich ihren Pflegebefohlenen gefunden, hörte aber nur halb meine Antwort und fiel, ihre Augen auf die Hefte, welche ich trug, heftend, mit neuen Fragen, mit Beteuerungen, wie sie für den Kranken sorge, ein. Dabei ruhten ihre grauen Augen in dem nervös blickenden Gesicht, das einst recht hübsch gewesen sein mochte, als die kleinen und unbedeutenden Züge noch mit dem Schimmer der Jugendlichkeit und mit frischen, jetzt verblichenen Farben bestachen, fortwährend auf dem, was ich unter dem Arm trug. Sie schien mehr als einmal die Frage danach auf den Lippen zu haben; endlich, als ich schon den Fuß auf die Steinstufen vor der Haustür setzte, machte diese Neugier sich in der Gestalt eines Ausrufs Luft.

»Was er Ihnen da nur gegeben haben mag!« rief sie mit unterdrückter Stimme. »Wenn er doch lieber das viele Schreiben, das ihn so angriff, gelassen hätte; auch der Herr Pastor sagte immer, es sei vom Übel. Bei solch einem kranken Menschen! Wo sind da auch die Verstandeskräfte?«

»Ich meine, die Verstandeskräfte haben sich bei Herrn Bärholm doch nur geschärft, Frau Försterin.«

»Ach, wie sollten sie! Die Krankheit mischt doch immer ihre Phantasie, ihre wüsten Träume darein; nein, nein, das Schreiben hätte er lassen sollen, und nun gibt er's gar ...«

»In fremde Hände, wollten Sie sagen«, ergänzte ich, da sie nicht fortfuhr. »Macht Ihnen das eine Sorge?«

»O nein, nein«, fiel sie mit einiger Verlegenheit rasch ein, »wie sollt' es, bei einem Herrn wie Ihnen, der schon wissen und durchschauen wird ...«

Ich hielt nicht für nötig, das Ende dieses Satzes abzuwarten, sondern den Hut ziehend, ging ich.

Die gute Dame, die den Mund beim Sprechen so süß zu runden wußte, war mir noch unangenehmer geworden.

7

Ich las in den Stunden des schwindenden Lichts des früh sich ein-
stellenden Abends das Heft, in welches Bärholm mit kurzen kräfti-
gen Zügen, mit harten Strichen, hart am meisten gegen sich selber,
seine Lebensgeschichte eingezeichnet hatte. Eine einfache Lebensgeschichte, die doch ein so beredtes Stück Menschenelend darstell-
te, wie nur eines sich uns schwerwuchtig auf die Seele legen kann.
In schwere, dunkle Stunden versenkte mich diese Erzählung, die
der stärker gewordene Herbstwind mit seinem Gewimmer und
Geheul begleitete wie mit den Stimmen böser Lebensmächte, mit
tückischen Drohungen, als ob sie riefen: Legt Euch da nur in Euren
weichen Schaukelstuhl und schürt die lodernde Flamme in Eurem
Kamin und stellt Euch den edlen wärmenden Rebensaft zur Seite
der strahlenden Lampe, die Euer hohes Gemach bis an die Decke
erhellt, streckt Euch nur sybaritisch bequem, und versenkt Euch, in
behaglicher Seelenstille in anderer Menschen Leid! Wir sind doch
da, wir dringen doch durch, auch bis zu Euch, wir werden Euch
den Frieden und das Behagen schon zu stören und zu vergällen
wissen. – Abgerissene Blätter, Reiser, Kiesstaub flogen heftig ans
Fenster, als ob jene Stimmen sie schleuderten und sagen wollten: ...
hört ihr's wohl, hört ihr's, daß wir da sind und euch zu finden verstehen, ihr dummen Menschenkinder, daß wir euch die leuchten-
den Flammen eures Glücks schon ausblasen, euch schon fassen und
hetzen werden als unsere Sklaven, die ihr seid, alle, alle! – Ich las
und las die Blätter, die so abgebrochen und kurzgefaßt erzählten
und mit so ruhiger, kalligraphischer Hand geschrieben waren; ich
hatte fortwährend dabei durch die Phantasie zu ergänzen, indem
ich mir die Situationen vorstellte, die der Schreiber mit so dürftigen,
skizzenhaften Strichen angegeben hatte. Ich sah ihn als Knaben von
reizbarem Temperament, als schwärmerischen Jüngling in einer
Bürgerfamilie einer mittelgroßen Stadt aufwachsen, als lebhaften,
begabten, ehrgeizigen Studenten – um seiner Anlagen willen den
Studien gewidmet und dem geistlichen Stande aus einem ganz
äußerlichen, verwerflichen Grunde, weil die Familie die Berechti-
gung auf eine jener Pfründen, die man Blutspfründen nennt, hatte;
weil einer der Ihrigen, der sich die Weihen erteilen ließ, sogleich
auch eine Einnahme während der Studienjahre und sodann, wenn

er die letzte Weihe erhalten, auch eine Stellung besaß, ein »Benefizium«.

Das hatte wie von selbst, ohne Prüfung und Widerstreben, als prästabilisiertes Schicksal den jungen Mann, der weder die Welt noch sich selber kannte, in die Kirche geführt, die ihm das Studium möglich machte. Hätte er sich geweigert, so hätte er seinen Büchern Valet sagen müssen, um sich einem praktischen Lebensberufe zuzuwenden, und auf seine Bücher wußte er nicht zu verzichten!

Und dann, als er als junger Priester noch ohne Beschäftigung war, hatten ihn seine Vorgesetzten dem Grafen Rodenburg als Erzieher für seine Söhne empfohlen. Und hier, im Hause Rodenburgs, in seiner verhängnisvollen Stunde einst, war ihm sein Schicksal entgegengetreten. Es war ihm erschienen in einer dämmerungumflossenen, halblichten Gestalt; denn im sinkenden Abendlichte war es gewesen, daß in das Wohnzimmer der gräflichen Familie ein schlank gewachsenes junges Mädchen getreten, ein Kind an der Hand führend, wie auf Bildern, die man artigen Schulkindern schenkt, der Schutzengel mit seiner pflegebefohlenen Kleinen abgebildet wird. Das weich gerundete, feine, in der Dämmerung farblos scheinende Antlitz des jungen Mädchens hatte ihm einen unauslöschlichen Eindruck gemacht; auch als er sie dann mit sanfter, bescheidener Stimme reden gehört und sie mit einer eigentümlichen Anmut, mit etwas wie einem wellenförmigen, schwanenhaften Bewegen gehen und schreiten gesehen, war ihm der Eindruck des Engelhaften geblieben. In der Gestalt eines Engels war ihm sein Schicksal erschienen, und es hatte doch so bald ihn dämonisch ergriffen, indem es ihn in ein inneres, Tausenden verschlossen bleibendes Gedanken- und Gefühlsleben von quälendster Natur geführt.

Bärholm also hatte vom ersten Augenblicke an, wo er sie erblickt, dies Mädchen, das Christiane Elshorn hieß, geliebt. Sein Gefühl für sie hatte er auf die Länge nicht verheimlichen können, da sie beide in einem Hause, in demselben Kreise, sich so nahe gebracht, lebten; und der Widerstreit, das innere Zerwürfnis, worin dies immer mehr zur Leidenschaft erwachsende Gefühl ihn mit sich selber versetzte, der Kampf zwischen einem übermächtigen Temperament und den Pflichten, welche Beruf, Stand und Gelübde ihm auferlegten, hatten ihn in ein inneres, an Verzweiflung grenzendes Elend geworfen, das nun auch das junge Mädchen nicht ungerührt und unerschüttert lassen konnte; es lag etwas sie Bezwingendes, ihr weiches Herz mit sich in dunkle Abgründe Fortreißendes darin!

Es war im Rodenburgschen Hause damals eine unglücklich-glückliche Zeit für die beiden jungen Leute gewesen, in deren Charakteren nichts lag, was sie auf dem Wege religiösen Zweifels oder der subjektiven, sich trotzig auf das Recht des Lebenden und die Urrechte der freien Menschennatur stellenden Empörung wider die einmal bestehende Ordnung und die Tyrannei der sanktionierten Tatsachen zu einer Erlösung und Befreiung geführt hätte. Glücklich war jene Zeit alsdann gewesen, wenn der junge Priester sich und dem jungen Mädchen ein träumerisches Auskosten der Stunde möglich gemacht, wenn er nur seine »Heiligenverehrung« geübt, sein Priester- und Christenrecht, für eine unter den unzähligen Heiligen, den genannten und namenlosen, den schon erklärten und noch nicht erklärten, zu leben; daß sie, seine Heilige, noch lebte, noch zu den nicht erklärten und nicht genannten gehörte – was verschlug es? Die Erde hatte ihrer seit je getragen, die Kirche hatte sich nie dawider aufgelehnt, daß unzählige von ihnen, schon da sie noch lebten, als Heilige verehrt worden. Und wenn Christiane und er dann darüber gestritten, hatte sie ihm alle ihre kleinen Schwächen mit einem Eifer vorgehalten, als ob er sie verschuldet und dafür zu strafen sei; alles, was sie an sich fehlbar und sündhaft fühlte, hatte sie ihn hören lassen, um ihm seine Vorstellungen von ihr zu erschüttern.

Es war nicht möglich, daß zwei junge, zu Verstellung und Heuchelei so wenig fähige Menschen auf die Dauer denen, mit welchen sie lebten, ihren Seelenzustand verheimlicht hätten. Die Gräfin Rodenburg, welche ihr Geheimnis zuerst durchschaute, sprach sich endlich mit dem Grafen darüber aus, und dieser, so ungern er auch sich von dem eifrigen, talentvollen Erzieher seiner Söhne trennte, sah doch ein, daß durch eine entschiedene Dazwischenkunft hier seinen beiden Hausgenossen geholfen werden müsse. Um diese jedoch in keiner Weise verletzend und irgend kompromittierend für Bärholm zu machen, sah er davon ab, ihn plötzlich mitten im Jahre zu entlassen; er wandte sich an den Bischof mit einem kurzen vertrauenden Wort, und die Folge war eine rasche, eine, welche all diesen vertrauenden Leuten völlig genügend schien: Bärholm empfing den Befehl, sofort in eine Stellung einzutreten, die eben erledigt worden, die als Hilfsgeistlicher in unserem Dorfe. Das entfernte ihn nun zwar aus dem Hause der Rodenburg, aber nicht aus ihrer Nachbarschaft; der Bischof hatte sich wohl wenig um die Entfernungen gekümmert, sondern auf der Liste vakanter Stellen die bezeichnet, welche ihm zunächst ins Auge gefallen.

Ganz abgebrochen konnte der Verkehr der beiden jungen Leute nicht werden; die bisherigen Zöglinge Bärholms, die sehr an ihm hingen, waren nicht zufriedenzustellen, wenn er nicht von Zeit zu Zeit erschien. Graf Rodenburg vermißte die Unterhaltung mit ihm und war bei seiner Arglosigkeit geneigt, nach und nach den Brand, den er, soweit seine Beobachtung ging, so wenig Funken werfen sah, für nicht so gefährlich zu halten wie seine Frau. Die Frauen machen solche Dinge, indem sie sich mit ihren Gedanken darin versenken und einbohren und stundenlang davon reden, immer bedenklicher und schwerer, als sie sind, schon um ihre Bedeutung und Wichtigkeit ins richtige Gleichgewicht mit der Zeit, welche sie darauf verwenden, zu bringen.

Bärholm hörte also nicht ganz auf, in Kophorst zu verkehren und Christiane zu sehen, und seine Leidenschaft wuchs nur durch die Schwierigkeit, welche er jetzt freilich hatte, das von der Gräfin behütete und beobachtete Mädchen allein zu sehen. Was er jedoch in der nächsten Zeit zu seinem Schrecken wahrnehmen mußte, das war, daß Christianens Gesundheit litt. Rasch, wie es schien, gewachsen und zu ihrer schlanken, biegsamen Gestalt aufgeschossen, mochte sie zu jenen blutarmen jungen Wesen gehören, welche für die Lebensbedingungen der gegenwärtigen Geschlechter zu büßen haben; Schuldbußen denen aufzulasten, die keinerlei Schuld an den Dingen haben, gehört nun einmal zu den kapriziösen Gepflogenheiten des allwaltenden Menschenschicksals. Sie war jedenfalls keine robuste, gehärtete Natur, die arme Christiane, und nicht ausgerüstet mit einer moralischen Widerstandskraft, welche von einem dauernden hoffnungslosen, sie innerlich demütigenden und durch die widerstreitendsten Gedanken- und Gefühlsreihen aufreibenden Verhältnisse nicht eine unheilvolle Reaktion auf ihre Gesundheit empfunden hätte. Die Mittel des zu Rate gezogenen Hausarztes, meines kleinen Doktors, halfen dem Übel nicht ab; dieser erklärte eines Tages ganz unverhohlen der Gräfin, daß das junge Mädchen, um zu gesunden, nach dem Süden gesandt werden, daß sie ein ganzes Jahr im Süden zubringen müsse, wenn ihr wirksam geholfen werden solle. Bärholm vernahm dies einige Tage später aus dem Munde Rodenburgs, der es ihm, mit einem eigentümlichen Akzente hingeworfen, hören ließ, als ob er sagen wolle: Sieh nun, welche nicht wiedergutzumachenden Dinge du angestellt hast. Jetzt geh in dich und ziehe den letzten, leisesten Gedanken von dem armen Geschöpfe, dessen erste Krankheitsursache du bist, ab; laß sie ruhig atmen, träumen, denken, frei von dem Drucke, den die magnetische Zauberkraft eines fremden, uns umkreisenden, nicht von uns weichenden Gedankenlebens auf den Schlag ihres wunden Herzens ausüben könnte!

Vielleicht wollte der Graf mit dem Ton, womit er gesprochen, dies sagen, und Bärholm in seinem Schuldbewußtsein verstand es auch so. Aber jener kannte wenig die Menschennatur, wenn er glaubte, daß seine Mahnung von irgendeinem Erfolge sein werde. Bärholm dachte Tag und Nacht an Christiane, an ihre Lage, an die Unmöglichkeit, die Mittel zu finden, das, worin der Doktor allein eine Rettung gesehen, auszuführen. Er selbst war nicht reich genug, die Mittel zu beschaffen; und wenn er etwa die Einkünfte seiner kleinen Familienpfründe auf Jahre hinaus verpfändet und zediert hätte, wenn er sich über die Bedenken hinweggesetzt, welche einen Priester von solch einem Finanzgeschäft abhalten mußten, würde er es Christianen haben bieten dürfen, würde sie es angenommen haben? Nimmermehr. Von den Rodenburgs eine überschwengliche Großmut vorauszusetzen, es wäre töricht gewesen, auch wenn sie um vieles reicher gewesen; sie erfüllten nach allen Seiten hin rechtschaffen ihre Pflichten, wer konnte mehr verlangen von ihnen?

Und Christiane selbst war arm. Sie war eine Waise. Was ihr Vater ihr hinterlassen, das war verwendet worden, um sie gründlich und mit aller Ruhe und Muße sich zu ihrem Lehrerberuf vorbereiten zu lassen. Ihr Vormund, ein entfernter Verwandter ihres Vaters, hatte, sagte man, recht brav und ausreichend darin für sie gesorgt. Nun aber war das, was ihr zugefallen, bis aufs letzte aufgezehrt.

Jener Vormund aber war Herr Elshorn, der Auktionskommissar, gewesen; Herr Elshorn hatte die Vormundschaft übernommen, weil das Gericht in der Voraussetzung der Verwandtschaft sie ihm übertragen; was aber die Verwandtschaft anging, so hatte er immer jedem, der es hören wollte, erklärt, es sei ihm außer der Namensvetterschaft nichts Gewisses darüber bewußt.

In dieser Zeit nun, in welcher der junge Kaplan sich mit den quälendsten Gedanken, welche ein verliebter Mensch haben kann, trug und nicht Rast bei Tage noch Nacht fand, zugleich aber auch in die Obliegenheiten und Berufstätigkeit seiner neuen Stellung sich finden mußte, machte er die Bekanntschaft einer Eingesessenen der Gemeinde, einer Frau von einem ungewöhnlichen Wesen, leidlich hübsch und jedenfalls von ungewöhnlicher Bildung für eine Dorfbewohnerin – der Frau eines herrschaftlichen Angestellten, dem sie aus einem kinderreichen Hause eines subalternen Regierungsbeamten in der Stadt hierher hatte folgen müssen.

Ich hätte sagen müssen, sie machte seine Bekanntschaft, und von dem Tage an war die Gestalt des ernsten, schwermütigen jungen Priesters – diese schöne Gestalt mit der Gabe der kurzen Rede, welche mehr zu verhüllen als zu sagen schien – das, was im Vordergrund ihrer Interessen stand, was ihre Gedanken unaufhörlich in Anspruch nahm. Das erste war, daß sie dem früheren Beichtvater untreu wurde und die Leitung ihrer Gewissensangelegenheiten Bärholm anbefahl. Und dann, daß sie ihm allerhand Aufmerksamkeiten erwies, ihm Bücher sandte und andere ablieh, ihm kleine Geschenke machte und Blumen, Stickereien schickte.

Unendlich groß ist die Kategorie vom Leben begünstigter, in ganz befriedigende Verhältnisse gestellter und von der Welt für glücklich gehaltener Frauen, die an einem unseligen quälenden Glücksdurst leiden. Ihr Idealismus ist von einer Wahnvorstellung begleitet, daß er müsse verwirklicht werden können; sie fordern diese Verwirklichung vom Schicksal und von der Welt und von den Männern; sie irren suchend umher, und wenn sie den Mann gefunden, in dessen Macht sie jene Verwirklichung gegeben glauben, so weiß ihre Rastlosigkeit ihn sich so nahe zu ziehen, daß er schwer zu kämpfen hat, um frei zu bleiben. Es liegt etwas von einer Vampirnatur in solchen Frauen. Sie könnten einem Manne, der sich hat verstricken lassen, das Leben aussaugen. Es steckt ein Stück Dichternatur in ihnen, aber ein dämonischer Lyrismus, der um so verzehrender innerlich flammt, je mehr sein volles äußeres Sichausflammen durch die Verhältnisse und die Sitten verboten ist.

Eine Natur solcher Art war die hübsche, noch junge Frau Mertens, die den neuen Kaplan mit ihren Aufmerksamkeiten, ihren kleinen Sünden und dem so auffallend oft wiederkehrenden Bedürfnis, ihm über diese ihr Herz auszuschütten, verfolgte, obwohl er mit der steigenden Belästigung, welche er darüber empfand, unverhohlener in den Andeutungen dieser Empfindungen wurde. Frau Mertens wurde dadurch nicht abgeschreckt, sie wurde nur noch liebenswürdiger, weicher, schwärmerischer, und seltsam, der Inhalt ihrer Beichten bei dem jungen Priester wurde darüber nur noch bedeutungsvoller, die Gewissensergüsse nur noch an ausgiebigen Tatsachen schwerer. Bärholm wurde betroffen dadurch, gezwungen, sich achtsamer den gewichtigeren Dingen, welche sie vorbrachte, zuzuwenden – er war noch viel zu erfahrungslos, um auf den Gedanken von simulierten Angaben zu geraten, die nur den Zweck hatten, seine Gedanken mit der hübschen Sünderin zu beschäftigen und ihr Seelenleben ihm interessant zu machen.

Sie hatte einmal sich einer sträflichen Koketterie anzuklagen mit einem jungen Offizier, dem Sohn und Erben des nächsten großen Grundherrn, der in seiner Urlaubszeit oft in das Dorf gekommen, allein ihretwegen, wie sie anzudeuten wußte, vielleicht auch glaubte! Ein anderes Mal entwickelte sie mit mehr Selbstgefälligkeit als logischem Zusammenhang eine Reihe von religiösen Zweifeln, die sie über sich Herr werden lassen, die sie geschöpft haben wollte aus der Lektüre von allerlei freigeistigen Büchern und über die sie dann mit wundersamer Nachgiebigkeit gegen die Argumente ihres Beichtigers sich eines Besseren belehren ließ: Es war auch wohl ein Kokettieren mit ihrer Belesenheit und scharfsinnigen Erfassung der Dinge gewesen. Und dann einmal beichtete sie eine wunderliche Geschichte, bei der sie sich eines Mangels an Energie zur Verhütung eines Unrechts anklagte. In der Geschichte nannte sie den Namen Christiane Elshorns, mehr, öfter, als es nötig schien. Wollte sie beobachten, wie er auf den jungen Priester wirkte? Hatte sie mit eifersüchtigen Gedanken seine Vergangenheit durchspäht, Verbindungen in Kophorst anzuknüpfen gewußt und einen Argwohn gefaßt? Oder kam ihr, was sie beichtete, vom Herzen, wie Bärholm in seiner Arglosigkeit es annahm? Sie erzählte, eines Abends vor anderthalb oder zwei Jahren sei der Auktionator Elshorn zu ihrem Manne gekommen und habe, nachdem er von anderen gleichgültigen Dingen gesprochen, gesagt: »Apropos, Herr Mertens, wissen Sie es schon? Bei der ›Abundantia‹ sind wir ja noch mit einem blauen Auge davongekommen.«

»Freilich, freilich, weiß ich«, hatte ihr Gatte geantwortet, »ich habe eine Aufforderung vom Kurator der Masse erhalten, am Ausschüttungstermin siebenhundert Taler in Empfang zu nehmen.«

»Und ich ebenfalls«, entgegnete der Auktionator. »Ebenfalls siebenhundert. Sie hatten also auch Aktien bis zum Belaufe von tausend?«

»Die hatt' ich – dreihundert und die Zinsen und den Ärger haben wir also in den Rauchfang zu schreiben«, antwortete der Mann der Beichtenden.

»Und«, war der Auktionator eingefallen, »den Spott, den Hohn, die Schadenfreude derer, die sich bei glücklicheren Zechen beteiligt haben und nun gut lachen können. Es ist um so ärgerlicher, als gar niemand in unserer ganzen Gegend hier der ›Abundantia‹ auf den Leim gegangen ist, wir zwei die Narren allein gewesen sind!«

»Niemand sonst? Ich meine gehört zu haben, auch der Herr Elshorn, der Vater Ihres ehemaligen Mündels – sie ist ja wohl großjährig, wie?«

»Christiane? Ist großjährig, ja. Und was den Anteil ihres Vaters angeht, so hat er ihn vor seinem Ende zediert. Wem, weiß ich nicht. Im Vermögensinventar, mit welchem ich die Vormundschaft übernahm, steht nichts davon. So bleiben wir die einzigen Geprellten. Die einzigen. Ich denke deshalb – wie denken Sie darüber? –, wir tun am besten, vom Ausgang der Sache nichts zu erwähnen, gegen niemand, wie?« »Nun ja«, hatte der Herr Mertens kopfnickend erwidert, »es ist nicht nötig, daß gegen jemanden etwas davon erwähnt werde. Ich denke wie Sie darüber. Es geht niemanden etwas an – niemanden!«

»Geben wir uns die Hand darauf, Herr Mertens! Ich will auch gern im Termin die Auszahlung für Sie mit in Empfang nehmen, wenn Sie mir eine Vollmacht dazu geben wollen.« »Weshalb nicht?

Sie tun mir einen Gefallen damit. Es erspart mir die weite lästige Reise.«

Nach etwa drei Wochen war Herr Elshorn denn auch richtig mit dem Herrn Mertens zukommenden Gelde erschienen und hatte es ihm ausgezahlt. Nachdem die beiden Männer sich das Versprechen, nicht davon reden zu wollen, wiederholt, war er gegangen, und Herr Mertens sprach nun zu seiner Frau: »Dieser Elshorn ist ein abgefeimter Schelm. Ich bin überzeugt, daß er nie einen Heller in ›Abundantia‹ angelegt hat; der Vater seines Mündels hat es getan, gewiß nur der. Die Aktien werden sich in seinem Nachlaß befunden haben; aber als man das Inventar über den Nachlaß aufnahm – Gott weiß, welcher Dummkopf das besorgte –, hat man die ›Abundantia‹-Aktien, worin der arme Teufel sein bißchen Erspartes angelegt, einfach ausgelassen. Just vorher hatte der große Krach gespielt, und ›Abundantia‹-Aktien: bloßes Papier! Makulatur! Fidibus! Ich hätte die meinen dazumal hingegeben für eine Flasche Moselwein. Nun steckt der Elshorn in die Tasche, was seinem Mündel, der Christiane, gehört!«

»Aber, mein Himmel«, rief nun die Frau, welcher ihr Gatte diese Überzeugung anvertraute, aus, »weshalb hilfst du ihm dann noch, indem du ihm Schweigen gelobst?«

»Weshalb? Ei, liebes Kind, bist du so grün, daß du nichts dawider hast, wenn es überall heißt, du hast eben bare siebenhundert ins Haus getragen und ausgezahlt bekommen? Hast du gern, daß dir allerlei Petenten angerückt kommen, die du nur mit Mühe und oft gar nicht wieder los wirst, wenn du, in tödliche Feindschaft mit ihnen zu geraten, nicht eben Lust hast? Viel besser, wenn man kein Aufhebens davon macht. Man kann sich's dann frei selber überlegen, wie man es unterbringt. Und was hilft es, ob ich rede oder schweige? Dieser Schelm von Auktionator würde immer dabei bleiben, im Nachlaß des Vaters seines Mündels hätten sich, als er ihm übergeben worden, jene Papiere nicht befunden, das beweise ja das Inventar.«

»Aber«, hatte die Frau eingeworfen, »wenn es kund, wenn überall davon geredet würde, schämte sich dieser treulose Mensch doch sicherlich und hätte nicht mehr die Courage, eine so himmelschreiende Büberei auszuführen.«

»Der sich schämen! Sprächst du davon – einen Verleumdungs-
prozeß würde er dir an den Hals werfen, das wäre alles, was du
erreichtest.«

Damit war die Sache erledigt gewesen, aber Bärholms Beichtkind
klagte sich jetzt der moralischen Feigheit und einer verachtenswür-
digen Schwäche an, daß sie dazu geschwiegen, daß sie ihren Mann
nicht gezwungen zu reden, dem Auktionator ins Gewissen zu reden, daß sie nicht alles getan, um durch Aufstachelung der Volks-
stimme den Bösewicht zu zwingen, auf seinen Betrug zu verzichten.

Der junge Priester hatte sie lange schweigend angehört. Dann
hatte er mit bitterem Lächeln, mit einem schweren Seufzer, wie
nach Luft ringend, leis hervorgestoßen: »Sie beichten mir nicht eigene, Sie beichten mir fremde Schuld. Das ist nicht das, was der
Geist des Beichtinstituts fordert oder nur gestattet. Und deshalb
wollen wir enden ...«

Das Beichtkind schien noch manches andere auf dem Herzen zu
haben, aber schon erhob der Kaplan seine Rechte, die sakramenta-
len Worte der Absolution murmelnd, gab ihr den Segen und entließ
sie.

Als sie aufstand und einen letzten Blick auf ihn warf, war es ihr,
als ob er mit einem tiefen Aufkeuchen seiner Brust bleich und gebrochen in die dämmerige Ecke seines Beichtstuhls zurücksänke.

Sie ging und kniete in der Kirche, um die ihr auferlegte Buße zu
beten. Dabei beobachtete sie ihn, wie er den Beichtstuhl verließ und
gesenkten Hauptes, langsam schreitend, am Hochaltar vorüberge-
hend, ohne diesen durch eine Kniebeugung, wie es vorgeschrieben,
zu adorieren, quer durch die Kirche in die Sakristei ging – wunderlich genug, denn es knieten noch mehrere alte Frauen in den nächsten Bänken, begierig, den Priester in ihre Sündhaftigkeiten einzu-
weihen. Er aber ging davon.

Auch Frau Mertens ging dann heim – von dem Eindruck, den ihre Geschichte gemacht, wohl nicht ganz befriedigt. Es wäre gar
nicht nötig gewesen, daß sich dieser Eindruck so heftig gezeigt. Es
lag für sie eine gewisse Bitterkeit darin. Was sie herbeiführen ge-
wollt, das war ja nur ein recht gründliches, redseliges, allseitiges
Aussprechen über eine sich immer neu als Gesprächsgegenstand

bietende merkwürdige Tatsache. Nun war der junge Priester wie ganz zerschmettert worden von dem, was sie ihm eröffnet, wie anderer Gedanken für den Augenblick nicht mehr fähig. Lagen ihm wirklich Christiane Elshorns Angelegenheiten so am Herzen?

In der Tat, sie lagen ihm auf dem Herzen in diesem Augenblick, um ihm das Herz zu brechen; sie erstickten ihn, sie trieben ihn dem Wahnsinn nahe. Auf seiner Giebelstube saß er auf dem Ruhebett, vornübergebeugt, die Hände zwischen den Knien und die Finger krampfhaft verschränkend. Die Rettung, die Lebensrettung für das, was ihm das Teuerste auf Erden war – sie war da, in seine Hand gegeben, und er durfte sie nicht bringen. Er hätte es nicht gedurft, hätte er seine Mutter damit von den Toten erwecken können! Sein Eid, sein Gelübde, seine Berufsehre verboten es, und es verbot ihm die ganze dräuende Autorität jenes wunderbaren, mystischen, schreckbaren Instituts, dem er sich zugeschworen und dem er seine Stellung und seine Existenz verdankte, jener Kirche, die, wenn sie auch mit den Füßen rücksichtslos so manches Menschenherz zertritt, doch mit dem Haupt, um das gewunden sie die von Märtyrertränen und Märtyrerblut triefende Stirnbinde trägt, in den Himmel ragt. In der Tat hatte auch der junge Priester niemals davon vernommen, daß einer seiner Mitbrüder das Beichtsiegel gebrochen hatte. Nie! Wo man in alten Geschichten davon las, da war es – Bärholm hielt sich davon überzeugt –, da war es Verleumdung!

Und ohne es zu brechen, was konnte er beginnen? Was tun, ohne aus dem tiefen Abgrunde, worin es versenkt sein mußte, ein Geheimnis hervorzuholen und an das Licht des Tages zu stellen, das nicht ihm gehörte, das Gott an dessen Stelle ihm die Vollmacht zur Sündenvergebung übertragen worden, anvertraut war.

Es war ein furchtbarer Konflikt zwischen Pflicht und Leidenschaft in dem Innern des armen Menschen, ein Konflikt, der anfangs einen Kampf der Verzweiflung in ihm hervorrief und dann, nach Tagen, als dieser ausgestürmt, ihn in ein Gefühl absoluter Hilflosigkeit versenkte, das nach und nach in ein dumpfes Hinbrüten und völliges Gebrochensein überging. Und dann, nach einer Zeit, begann er zu zweifeln, zu rütteln an den Grunddogmen, auf denen die Heiligkeit seiner Verpflichtung beruhte, zu grübeln über die Fälle, wo eine solche Verpflichtung offenbar in Widerspruch geriet mit den Gesetzen der bürgerlichen Rechtsordnung, ohne welche kein gesittet friedliches Zusammenleben der Menschheit möglich ist. Wenn ihm nun gebeichtet wurde – etwa die Zugehörigkeit zu einem Geheimbunde mit dem Zwecke, die Staatsordnung umzustoßen und den Herrscher des Landes zu ermorden, die Teilnahme an einer Verschwörung, welche vieler Menschen Leben und Glück bedrohte? Wie dann? Hätte er auch dann das Siegel nicht brechen dürfen? War der Priester denn so ein Sklave seines Kirchentums, so ein der Pflicht und dem Gewissensleben der übrigen Menschheit entrücktes Geschöpf und Werkzeug übersinnlicher Beziehungen, die doch nur auf Vorstellungen und Voraussetzungen, auf oft und viel bestrittenen Lehren beruhten, daß er sich in völligen Gegensatz zu diesen Pflichten und diesem Gewissensleben setzen durfte? Waren aller anderen Menschen Urrechte und Urpflichten nicht für ihn da, wenn die Kirche sprach?

Wie weit ging denn des einzelnen Recht, seine persönliche moralische Verantwortlichkeit von sich zu werfen und sie gewissenberuhigt einer seinen Rücken deckenden Körperschaft aufzubürden?

Als eines Tages bei der Mahlzeit der Pfarrer von einem Preßprozeß sprach, bei dem ein Redakteur wegen Verweigerung seines Zeugnisses eingesperrt worden war, fragte Bärholm: »Wie erklären Sie diese Disparität der Behandlung, welche in solchen Fällen unsere Justizverwaltung gegen den Bürger und gegen den Priester übt? Wenn in einem Dorfe ein Verbrechen begangen ist, ein Totschlag bei einer Kirchweihrauferei etwa, hätte sie ja nur den Geistlichen vorzuladen, der durch die Beichte wissen muß, wie es sich damit verhält.«

»Freilich«, antwortete lächelnd der Pfarrer, »aber Ihre Frage ist sehr naiv. Sie belästigt den Priester nicht, weil sie ihn zum Schweigen verpflichtet weiß.«

»Sie weiß doch auch den Redakteur zum Schweigen verpflichtet. Sein Beruf, seine Stellung, das ihm geschenkte Vertrauen gebieten ihm zu schweigen, seine Mannesehre gebietet es ihm, ganz so wie dem Priester sein Gelübde. Weshalb nimmt die Justiz, der Staat, wollen wir sagen, hier auf seiner Bürger Ehre keine Rücksicht, wohl aber auf des ihm fremden Klerikers Gelübde?«

»Wie haben Sie sich zu so akademischen Fragen verirrt, mein lieber Kaplan«, versetzte der Pfarrer, ihn betroffen fixierend, »wie können Sie dem Staat die Dummheit zumuten, sich wider unser Sigillum confessionis aufzulehnen, er würde damit ja nur Märtyrer schaffen, tausend Märtyrer; denn das steht doch auch bei Ihnen fest, daß jeder von uns sich lieber den Bestien des Zirkus vorwerfen ließe als das Beichtsiegel brechen.«

Kaplan Bärholm schwieg, betroffen über die Energie dieses Ausbruchs.

»Die Jesuiten«, sagte er nach längerer Pause, »sollen doch ...«

»Was sollen die Jesuiten?«

»Man spricht von einer Kassette, die Joseph der Zweite in Wien in der Burg in einem Mauerversteck aufgefunden haben soll und darin die aufgesammelten Confessiones principum ...«

»Ach bah – welche Verleumdung! Sie werden sich jedenfalls gehütet haben, so etwas in der Burg unterzubringen, die schlauen Väter. Nein, eine Beichte verrät auch ein Jesuit nicht!«

Damit erstarb das Gespräch.

Bärholm begann die Geschichte des Bußsakraments zu studieren. Aber je tiefer er in die Materie eindrang, als desto wesentlicher, desto bedeutungsvoller stellte sich dies uralte, aus der Natur der Menschenseele hervorgegangene, von den erleuchtetsten und größten Vätern der Kirche nach allen seinen Seiten hin behandelte Institut der Buße und Beichte, das schon Thomas von Aquin regelte und formte und ein Konzil schon um 1215 zum Gesetz für den gläubigen Christen machte, vor ihn hin. Es konnte ihn alles nur tiefer in Verzweiflung, in sein niederdrückendes Gefühl jammervollster Hilflosigkeit stürzen.

Nur eine Hoffnung gab es, einen Ausweg! Sein Beichtkind, die ihm das, was ihn jetzt so unglücklich machte, gestanden, mußte bewogen werden, zum Richter zu gehen und ihm, was sie wußte, mitzuteilen. Nahm der Richter sich der Sache an, so konnte Christianen erstattet werden, was ihr gehörte und was ihr das Leben rettete. Aber es war gewiß nicht leicht, die Frau Mertens dazu zu bewegen. Was hatte sie denn eigentlich anzugeben, was anders als – eine

Vermutung, einen Verdacht ihres Mannes. Hörte der Richter auf das, was sie sprach, dann lud er wohl noch zu seiner Information den Mann vor; und dieser würde in nicht geringen Zorn geraten über Gewissensskrupel seiner Frau, die ihm solche Widrigkeiten zuzogen und ihm den Auktionator zum Todfeinde machten. Bärholm mußte auf den Gedanken verzichten, einen solchen Einfluß auf Frau Mertens auszuüben, um sie zu dem von ihm gewünschten Schritte zu bewegen – es sei denn, er hätte, um seinen Einfluß auf die Frau zu steigern, um sie willfährig und gegen seine Wünsche nachgiebig zu machen, um sie am Ende zu allem zu bewegen, sich zu einer Heuchelei entschlossen. Er hätte den Schein angenommen, von ihren Zuvorkommenheiten gerührt, von ihrer Persönlichkeit angezogen zu sein und ihr den Eindruck, den ihre Reize auf ihn gemacht, so an den Tag zu legen, daß die eitle, emotionendurstige Frau ihm zuliebe tat, was er verlangte. Wie leicht mochte es sein, wie wenig dazu gehören, sie zu täuschen – wie viel freilich dazu, die glücksbedürftige Seele einer solchen Frau später, wenn die Heuchelei nicht mehr nötig war, wieder von sich abzulösen, wieder in die alte, kahle Ferne gemessener Höflichkeit zu rücken! In seiner Not aber, in einer schwachen Stunde, halb entschlossen, auf diesem Wege Hilfe zu suchen, ging er eines Tages, wo er sie allein wußte, zu ihr – in der besten Absicht, ihr allerlei unverfängliche Artigkeiten zu sagen. Aber ach, als sie nun in ihrem Empfangszimmer, wo er sie erwartete, vor ihm erschien, kam ihm plötzlich bei dem Anblick dieser Persönlichkeit ein solches Gefühl von Widerwillen gegen sie, ein Gefühl so gründlicher Selbstverachtung wegen der frivolen Charakterlosigkeit, in die er schon so nahe daran war, sich verlocken zu lassen, daß er statt freundlicher nur ernste und gebieterische Worte an sie zu richten vermochte – gebieterisch, indem er sie aufforderte, nicht zu ruhen und zu rasten, bis sie ihren Mann bewogen habe, die betrügerische Handlungsweise des Auktionators irgendwo zur Anzeige zu bringen. Das sei jedes Christen Pflicht, und Bärholms Pflicht als Priester sei, darauf zu bestehen und nicht abzulassen, bis es geschehen. Frau Mertens aber erwiderte, ihr Mann werde nie und nimmer den Denunzianten machen wegen eines Verbrechens, das er ja ganz und gar nicht beweisen könne, das ja immerhin nur in seiner Vorstellung beruhe, auf seinen Kombinationen, so daß man ja gar keine Handhabe sehe, um den Gerichten damit zu kommen; ja, das am Ende wirklich nicht begangen, sondern nur Erzeugnis des Argwohns ihres Mannes sei ...

»Was Sie mir im Beichtstuhl als bestimmte Tatsache angegeben«, fiel ihr Bärholm zornig ins Wort, »wollen Sie jetzt als Chimäre behandeln, um sich Ihrer Pflicht als Christin zu entziehen? Damit entgehen Sie mir nicht! Doch ich habe Ihnen gesagt, was ich Ihnen sagen mußte. Denken Sie an Ihr Seelenheil, und überlegen Sie sich meine Worte. Adieu!«

Damit ging er unwillig fort, um eine letzte Hoffnung ärmer – und nur noch tiefer in Verzweiflung.

In den nächsten Tagen war es nun, wo das Unglück wollte, daß Bärholm eine Einladung zu der Familie auf Kophorst erhielt, wo er einige kurze Augenblicke lang Gelegenheit erhielt, allein mit Christiane zu reden, wo er dabei einen tiefen und erschütternden Eindruck von der Verschlimmerung ihres leidenden Zustandes erhielt. Und unter diesem Eindruck war es, daß er, in einem verhängnisvollen Augenblicke sich verabschiedend, gerade in der Minute fortging, welche ihn auf dem dunklen nächtigen Heimwege mit dem Auktionator Elshorn zusammentreffen ließ. Was zwischen beiden geredet worden, das hatte der Auktionator in seinem Verhöre angegeben, aber er hatte nicht alles angegeben, nicht, daß Bärholm ihn geradezu beschuldigt hatte, das Geld seines ehemaligen Mündels veruntreut zu haben, daß er in sich steigerndem Zorn, in furchtbarster Erregung ihm ins Gewissen zu reden begonnen und daß er, Elshorn, mit den brutalsten Worten, mit beleidigendsten Schmähungen geantwortet, seine Tat geleugnet, den Kaplan einen trunkenen Narren und was sonst noch alles genannt, zuletzt einen ruchlosen Pfaffen, der mit Beichtgeheimnissen sich in anderer Leute Angelegenheiten mische.

Da war über Bärholm die helle, nicht zu bezähmende Wut Herr geworden; einen Augenblick war er stehengeblieben, um aufzuatmen, um wieder zu Luft zu kommen, und dann, mit ein paar langen Schritten den vor ihm weitertaumelnden, laut in die Nacht hinaus schimpfenden Auktionator einholend, hatte er mit seinem Stock und dem schweren Metallknopf daran ihn niedergeschlagen wie ein böses, wildes Tier. Und in der Wut auch noch, wie um die strafende Tat der Rache an dem Nichtswürdigen zu vollenden, sich bei ihm niedergeworfen und ihm den Mammon abreißen wollen, in dem das Heil für die arme Christiane lag. Aber er war nicht in dem Zustande, um in dunkler Nacht rasch damit zustande zu kommen. Wir wissen, daß er gestört wurde, daß er die Flucht auf die offene Heide hinaus ergriff, daß sein Verbrechen nicht zu seiner vollen Ausführung kam.

Das war das Geheimnis Bärholms, die psychologische Lösung des Rätsels, welches ihn umgeben hatte so manche Jahre hindurch. Es war in einem sonst gefestigten, an Selbstbeherrschung gewöhnten, besonnenen Männercharakter, in einer einfachen, auf Wahrheit gerichteten Natur, die aber leidenschaftlich tief und innig zu empfinden wußte, ein Augenblick eingetreten, wo die Reibung zwischen dem äußeren Gesetz, dem eisernen Gesetz des Schweigenmüssens und der echt menschlichen Empörung, daß unter dem Schutze dieses Gesetzes die Schandheit frei wuchern durfte – wo diese Reibung in ihm zur Flamme aufgeschlagen. Ein Augenblick war gekommen, wo bei dem Gedanken an das, was Christiane litt, unter der Tat des frech gewordenen, unverschämten, ihn beleidigenden und beschimpfenden Lasters, alles Blut ihm in »gärendes Drachengift« verwandelt worden, das gar nicht anders konnte als in der unmittelbaren Tat sich Luft schaffen. Es war etwas vom Karl Moor in ihm in diesem Augenblick, vom Michael Kohlhaas, von allen denen, welche empörtes Rechtsgefühl und die Unerträglichkeit der durch schweres Unrecht ihnen zugefügten Lebenspein zu der Selbsthilfe getrieben hat, durch welche sie untergingen.

Es ist kein Mann der, dem nicht gewisse Dinge das Blut so verwandeln können. Und wenn Taten wie die Bärholms die sittliche Weltordnung stören, so wird die Macht, welche über dieser die richterliche Waage hält, ihre Schale schwerlich darob gar zu tief niedersinken lassen. Wahrhaft herzbrechend aber war es gewesen, wie der arme Dorfkaplan seine Tat gebüßt hat.

Seine ganze Natur und all sein Wesen hatte ihn dazu gedrängt, vor dem Richter frei zu bekennen, offen den Grund und die Genesis des Geschehenen darzulegen, mit freier, offener Stirn sich zu verteidigen – und wenn man ihn strafte, wie ein Mann die Folgen zu tragen.

Nun aber mußte er – leugnen, er mußte lügen. Die Ehre seines Standes, das Interesse seiner Kirche forderte es nicht allein – es war nichts anderes möglich; denn hätte er sich mit der Wahrheit verteidigen wollen, so hätte er ja das Beichtgeheimnis verraten müssen, dasselbe Geheimnis, durch dessen pflichttreue Bewahrung er in all das Leid geraten. Hätte er durch offenherzige Entwickelung der Tatsachen sich dann auch reingewaschen von jeglicher Schuld, er hätte dann doch dagestanden als meineidiger, seine Berufspflicht verratender Priester. In dem frommen, gläubigen Lande, in welchem er lebte, wäre von nun an jedermanns Hand wider ihn gewesen, jedermanns Fluch wäre auf sein Haupt gefallen, das Leben wäre ihm zur Hölle gemacht worden. Nein, er mußte täuschen, lügen, leugnen – das Beichtgeheimnis zeigte ihm eine noch furchtbarere Seite, als es ihm vorher gezeigt hatte. Vorher hatte es ihn gezwungen zu schweigen. Jetzt zwang es ihn, zu sprechen und – ein Lügner zu werden.

Aber nicht das allein! Es brachte noch Schwereres über ihn. Er wurde freigesprochen – aber glaubte man an die Schuldlosigkeit? Seine Mitbrüder schwerlich; er nahm es nur zu deutlich wahr durch die Umwandlung ihres Benehmens gegen ihn. Mit einer gewissen unbefangenen Formlosigkeit hatten sie mit ihm bisher verkehrt; jetzt zeigten sie, und das am meisten in Gegenwart Dritter, eine auffallend achtungsvolle, förmliche Beflissenheit und hielten im übrigen sich in einer kühlen Entfernung von ihm. Es war offenbar unter ihnen die Parole ausgegeben, durch solches Benehmen die Augen der Welt über ihre eigentliche Überzeugung zu blenden. Und Bärholm erfüllte dies Wesen, aus dem er etwas wie einen fortwährenden Hohn herausfühlte, mit grenzenloser Bitterkeit.

Das alles aber, das alles war das Schlimmste nicht. Das Schlimmste war, daß auch die Familie auf Kophorst und, vor allem, daß Christiane der schwachen Verteidigung, welche die Jury, unter äußeren, fremden Einflüssen stehend, fast gewaltsam als genügend angenommen hatte, nicht glaubte. Als er freigesprochen war, hatte Graf Rodenburg die Gegend verlassen und ein Gut weit im Süden des Landes bezogen. Bärholm richtete ein langes Schreiben an ihn, das durch seine gewundenen und verhüllenden Wendungen – wie konnte er anders – einen sehr unbefriedigenden Eindruck gemacht haben mußte. Der Graf hatte sich nicht herabgelassen zu antworten.

Und Christiane? Dachte sie anders als die Menschen, unter denen sie lebte?

Er empfand den unwiderstehlichen Drang, darüber Licht und Klarheit zu erhalten, er sagte sich, daß er nicht werde leben können, ohne daß zwischen ihm und ihr Wahrheit sei, ohne daß sie ihm verziehen habe eine Schuld, für die er von Gott keine Verzeihung verlangte und erflehte, da er sie trotz allem, was sein Verstand ihm darüber sagte, innerlich als eine Schuld nicht empfinden konnte. Er ließ sich von seinem Pfarrer Urlaub geben, um, wie er sagte, auf einer einsamen kleinen Fußreise sich von all den Gemütserschütterungen, die er durchlebt, zu erholen. Als er ihn erhalten, wanderte er dem Süden zu. Und am Abend des zweiten Reisetages kam er in dem Weiler an, von welchem das Gut, welches Graf Rodenburg jetzt bewohnte, etwa zehn Minuten weit entfernt lag.

Er kannte die Lebensgewohnheiten Christianens, die Zeit, da sie, mit ihrem Unterricht in den Vormittagsstunden zu Ende, ihre Pfleglinge zur Gräfin hinübersandte und dann sich, wenn das Wetter günstig war, durch einen Spaziergang zu erfrischen pflegte. So begab er sich am andern Tage zeitig zur Stelle, und von der Ferne aus den Eingang des Edelhofes ins Auge fassend und bewachend, sah er sie nach längerem Harren erscheinen und die Portaltreppe niederschreiten. Er folgte ihr unbeobachtet auf versteckt liegenden Parkwegen; und dann rasch eine Querallee durchschreitend, fand er sich nach kurzer Zeit am Ende eines dichten, aus jungen Fichten gebildeten Ganges, der ihn durch seine üppig aufgetriebenen, dunklen Seitenwände jedem Menschenauge verdeckt hielt. Es war Christianens Lieblingsspaziergang geworden, weil sie hier Schutz vor jedem Luftzug hatte.

Christiane näherte sich ihm, ohne ihn zu erkennen; erst als er selbst ihr entgegengeschritten kam, blieb sie plötzlich stehen und stieß einen halbleisen Ruf des Schreckens aus.

»O mein Gott, Sie – Sie, den ich nie wiederzusehen gehofft!« sagte sie, ihre beiden Hände auf das schmerzlich aufklopfende Herz legend.

»Gehofft, nie wiederzusehen – das ist ein hartes Wort, Christiane!« stammelte er.

»Wissen Sie, ob ich dabei nicht auch hart gegen mich bin?« versetzte sie nach einer kurzen Pause, in welcher sie nach Luft gerungen und einen Blick in sein bleiches Gesicht geworfen. »Aber hart oder nicht hart«, fügte sie dann hinzu, »ich will und darf Sie nicht mehr sehen, nie, nie wieder, Bärholm, Sie sollen gehen und mir die Gewißheit geben, daß niemand, der Sie kennt, Sie in dieser Gegend erblickt ...«

»Ich werde gehen«, antwortete er, »sicherlich werde ich gehen, auch ohne Ihr Gebot, Christiane. Aber ich werde nicht gehen ohne das Bewußtsein, daß innerlich Frieden zwischen uns ist, daß nichts den Seelenbund zerreißen kann, den wir geschlossen haben ...«

»Seelenbund«, fiel sie fast heftig ein, »ist es denn nicht Frevel und Sünde, auch nur davon zu reden? Dürfen Sie, darf ich ...«

»Oh«, sagte er, sie unterbrechend, »so haben Sie nicht immer gesprochen, und ich sehe jetzt, wie recht ich hatte zu kommen, um Ihnen alles, die ganze Wahrheit zu sagen. Denn dazu komme ich, Christiane, Ihnen die Wahrheit zu bekennen, von einem übermächtigen Bedürfnis, Ihnen zu beichten und mein Herz offenzulegen, zu Ihren Füßen gezogen.«

»Als ob«, entgegnete sie mit einem schmerzlichen Aufatmen und Ringen nach Luft, »als ob es dessen bedürfte, als ob ich die Wahrheit nicht ahnte, wüßte ...«

»Also auch Sie haben ein anderes Verdikt für mich als das Gericht? Wohl, wohl, die Welt hat es – weshalb sollten Sie es nicht haben? Und Sie haben ja recht. Und die Welt hat recht. Ich bin schuldig, schuldig, einen Menschen haben ermorden zu wollen, und der noch gemeineren Tat, des Versuchs, ihn um sein Geld zu berauben!«

»Also wirklich, wirklich!« sagte Christiane mit bleichen, zitternden Lippen und mit dem Ausdruck furchtbaren Erschreckens, ihre großen Augen auf ihn heftend.

»Also«, fiel er ein, »welche Gemeinschaft kann noch zwischen uns sein? wollen Sie sagen. Und doch versichere ich Sie, Christiane, trotz meiner Verbrechen fühle ich mich nicht unwürdiger, nicht gedemütigter, nicht schlechter vor Ihnen, als ich je vorher mich fühlte. Sie müssen nur auf mich hören, nur wissen, wie alles gekommen und zugegangen. In rasendem Zorn habe ich eine Tat des Zornes begangen. Mein Zorn aber war gerecht und wohl begründet. Ich wußte, daß jener Mann, den ich niederschlug, ein Räuber war; und den Raub wollte ich ihm entreißen. Glauben Sie etwa für mich? Nein, das haben Sie nicht von mir glauben können!«

»Glauben? Nicht glauben? Weiß ich es denn?« antwortete sie kaum hörbar.

»Das einzige, was mich schwer bedrückt«, fuhr er fort, »das einzige, was wie ein furchtbares Unglück auf mir lastete, war, daß ich meinen Richtern vor der ganzen Welt nicht die Wahrheit bekennen durfte, daß ich mit groben Unwahrheiten mich herauswinden, daß ich lügen mußte. Aber ich mußte ja! Ich stand unter dem Drucke einer Gewalt, gegen die ich nicht ankämpfen konnte. Es war nun einmal mein Schicksal: Ich mußte mich innerlich durch eine Lüge entehren, um nicht – die Kirche zu entehren. Ich mußte mich selbst zu opfern verstehen. Und das vornehmlich ist es, was mich so übermächtig zu Ihnen treibt, Christiane – vor Ihnen muß ich aussprechen, daß ich der Mann war, ich und niemand anders, der in jener Unglücksnacht auf der Heerstraße Elshorn niederschlug, daß ich es war, der ihm gierig seinen Schatz zu rauben suchte, und von Ihnen muß ich hören, daß Ihr Herz weit und groß genug ist, um zu begreifen, daß ein Mann in flammender Leidenschaft so handeln kann, ohne darum ein Nichtswürdiger zu werden, und daß Sie ihm verzeihen können ...«

»Mein Gott, ich will ja das alles glauben und will ja Ihnen verzeihen, wenn Sie mich auch sehr, sehr unglücklich durch Ihre Tat gemacht haben. Aber ich will sie Ihnen ja verzeihen, ich will Gott bitten, daß er sie Ihnen verzeiht ...«

»Und wollen Sie noch einmal, zum letztenmal für das Leben vielleicht, Ihre Hand zum Zeichen der Verzeihung in diese – Mörderhand legen?«

»Auch das will ich«, versetzte Christiane unter dem Einfluß seiner Persönlichkeit, von dem Feuer seiner Worte schon ganz erweicht, »auch das will ich von ganzem Herzen gern, aber dann auch ...«

»Dann auch soll ich gehen, um nie wiederzukehren?« fiel er ihr feurig, ihre sich ihm entgegenstreckende Hand ergreifend, ein. »Mein Gott, ich will es ja! Nur das eine, was mich rechtfertigt, das, wodurch die Flamme der Leidenschaft entzündet worden, in der ich so blindlings handelte. Nicht einen Schatz für mich zu gewinnen war mein Verlangen. Nein, sicherlich nicht! Ich wußte – durch die Beichte wußte ich, daß Elshorn, dessen Mündel Sie waren, Sie um die Summe, welche er bei sich trug, just um dieselbe Summe, betrogen hatte – das war's! Ihnen wollte ich verschaffen, was Ihnen gehörte, Ihnen das, was Sie bedurften, um Ihre volle Gesundheit wiederzuerlangen ...«

Christiane sah ihn mit großen, aufstarrenden Augen an. Sie war noch bleicher geworden, als sie gewesen. Stumm sah sie ihn an – regungslos geworden wie eine Bildsäule.

Und dann fiel es leise, mühsam von ihren Lippen: »Meinetwillen! Um meinetwillen alles? Großer Gott, weshalb haben Sie mir das gesagt? Weshalb nur das? Das ist ja fürchterlich!«

Sie ließ den Kopf sinken, und in Tränen ausbrechend, bedeckte sie mit beiden Händen ihr Gesicht.

»Fürchterlich, wenn Sie sehen, wie Sie der einzige Mittelpunkt meines Denkens wie meines Handelns sind?«

»Und Sie fühlen nicht, wie dies mein ganzes Leben vergiften muß? Wie ich mich herabgezogen fühlen muß in Ihre Schreckenstat, zur Mitschuldigen eines Verbrechens ...«

»Das Sie mir also nun doch nicht vergeben haben!« unterbrach Bärholm sie mit tiefschmerzlichem Ton.

»Vergeben, nicht vergeben – ich weiß es ja selbst nicht, nur das eine, daß ich jetzt für immer grenzenlos unglücklich bin. O lassen Sie mich, lassen Sie mich!« rief sie fast heftig aus, als er ihre wankende Gestalt, wie um sie zu stützen, umfangen wollte. »Lassen Sie mich gehen, Sie sollen mich gehen lassen, ich will nichts hören mehr von all dem Schrecklichen – wenn Sie mich nicht lassen, wenn Sie mich begleiten, rufe ich laut um Hilfe!«

Und ganz außer sich, wandte sie sich und wankte davon, um, immer rascher eilend, bald ganz seinen Augen zu entschwinden.

Bärholm stand wie von Schrecken an den Boden geheftet. Er begriff sie nicht. Er faßte diese plötzliche Verzweiflung einer Seele nicht, deren moralische Kraft zu Ende war, als sie sich mit dem eigenen Selbst in eine dunkle Tat verstrickt sah, die sie bisher doch immer als die eines anderen in eine gewisse Ferne gerückt erblickt hatte, jenseits einer Kluft, die doch immer Kluft geblieben – trotz all ihres Mitleidens, trotz aller Fäden, die zu ihm hin sich hinüberspannen.

Und das war das Ende seiner Beziehungen zu dem jungen Mädchen, das sein Schicksal ihm auf den Lebenspfad geführt. Er ist von dannen gegangen und hat ihr nie wieder ein Lebenszeichen abgewinnen können. Nichts, als was er durch das Gerücht vernommen hat, ist ihm von ihr kundgeworden, daß sie noch immer kränkle und leide; und dann, nach etwa zwei Jahren, hatte er, eines Tages bei seinem Pfarrer eintretend, auf dessen Tisch einen schwarzgeränderten Brief liegen sehen, den er aufgenommen, um, vor Schrecken erstarrend, darin Christiane Elshorns Todesnachricht zu lesen. Graf Rodenburg hatte sie an den Pfarrer adressiert – ihm war keine gesandt worden.

Und das hatte ihm den letzten Stoß gegeben. Auch der Gedanke, wie groß sein eigenes Verschulden an diesem traurigen Ende gewesen. Sie hatte ihn doch geliebt, nur ihn; und in ihm hatte sie nicht nur einen Verbrecher erblicken müssen, einen Unwürdigen, einen ruchlosen Menschen, nein, sie war selbst in die Sphäre des Verbrechens durch ihn herabgezogen worden – so wenigstens hatte sie empfunden und mit sich herumgetragen. War es nicht genug für ein so edles, reines, kindliches Mädchenherz, um daran zugrunde zu gehen? Daran allein schon?

In der Tat, er hatte den letzten Stoß dadurch empfangen, unter dem von diesem Augenblicke an seine starke Natur zusammenbrach. Er ward krank, verschmähte jede ärztliche Hilfe, schleppte sich auf langen, einsamen Wanderungen umher und fühlte täglich mehr seine Kräfte schwinden. Als es dahin gekommen, daß er seine Dienstobliegenheiten nicht mehr erfüllen konnte, hatte die Frau, die ursprünglich durch ihre Bekenntnisse ihn in all sein Elend versenkt, sich ihm wieder genähert. Sie war Witwe geworden unterdessen, die Frau Försterin Mertens; sie hatte ihm zugeredet, zu ihr zu ziehen und sich von ihr pflegen zu lassen, und er, der jetzt ein schwacher, sich willenlos und hilflos fühlender Mann war, hatte sich in ihre Vorschläge ergeben und war ihr Mietsmann geworden. Gepflegt hatte sie ihn dann eifrig genug, mit großer und aufopferungsvoller Beflissenheit; aber dennoch war es mit ihm bergab gegangen, bis zu dem Tage, wo ich ihn wiedersah.

Das war die Geschichte, die seine Aufzeichnungen mir enthüllten.

Als ich am anderen Tage ging, ihm sein Manuskript, dieses erschütternde Gemälde eines Menschenlebens, das zermalmt worden unter der Wucht eines Vermächtnisses dunkler Jahrhunderte, bei dem ebenfalls das Wort gelten konnte: »Vernunft wird Unsinn, Wohltat Plage«, zurückzubringen, empfing die Frau Mertens mich im Hausflur und führte mich in ein kleines Empfangszimmer, das der Wohnung Bärholms gegenüberlag. Sie sah bleich und sorgenvoll aus und blickte, in offenbarer Aufregung wie am gestrigen Tage, wieder auf das Manuskript in meiner Hand.

»Was mögen Sie nur alles in seinen Aufzeichnungen gefunden haben«, sagte sie, »gewiß – er ist so wunderlich oft und so unzuverlässig in seinem Gedächtnisse –, gewiß recht wirres Zeug und krankhaft aufgefaßte Dinge, so daß Sie sich von den Leuten und den Geschehnissen hier nun eine recht falsche Vorstellung machen müssen ...«

Dabei sah sie mich wie unsicher forschend an. Die Frau, sagte ich mir, mußte etwas auf dem Gewissen haben, was sie durch Bärholms Manuskript verraten fürchtete. Vielleicht bereute sie noch immer, daß sie damals vor Jahren nicht Bärholm den Willen getan und ihren Mann bestimmt, dem Vormund Christianens sein Unrecht vorzustellen und ihn zu bedrohen, wenn er es nicht wiedergutmache. Vielleicht auch, daß sie nicht den moralischen Mut gehabt, selbst vor aller Welt auszusprechen, was sie wußte, und den Menschen, den Elshorn, so zu zwingen, seinen Raub herauszugeben. Aber es war nicht das. – Ich antwortete: »Es ist klar und verständlich genug, was er schreibt!«

Darauf schüttelte sie den Kopf, verschränkte, zu Boden blickend, die Hände im Schoße und sagte in einem halblauten, klagenden Ton: »Nun freilich, er ist ja immer noch ein so heller, gedankenreicher Kopf. Er hat nur immer die Menschen für zu gut gehalten, und sein eigentliches Unglück war: Er wußte nicht, daß auch in der Beichte gelogen wird!«

»Gelogen?« rief ich erstaunt aus. »Wie? Wozu?«

»Wozu?« Sie zuckte die Schultern; nach einer kleinen Pause antwortete sie: »Mein Gott, wozu nicht alles! Ein unbestimmtes Gerücht wird als Tatsache ausgegeben, ein ganz persönlicher Argwohn mit einer Bestimmtheit, als handle es sich um etwas Geschehenes, vorgebracht; es ist ja so leicht, sich mit seinen Gewissensnöten dann darein verflochten zu zeigen, so daß der Priester darauf eingehen muß ...«

»Aber, ich frage noch einmal, wozu das nur?« unterbrach ich sie.

»Nun einfach, um dem Beichtiger ein Urteil über die Sache abzugewinnen, seine Meinung zu hören – am Ende auch nur sein Interesse zu erwecken, ihm Neues zuzutragen, ihm wichtig und interessant zu werden, den Eindruck zu beobachten, den das Mitgeteilte macht. Wir sind alle schwache Menschenkinder, und wenn man jung ist ...«

Ich starrte der Frau wahrhaft entsetzt ins Gesicht.

»Darum«, fuhr sie, noch leiser flüsternd, fort, »wenn davon in den Schreibereien, welche er Ihnen gegeben hat und die er mir nicht zeigen will, die Rede ist, so denken Sie darum nicht schlechter von ... von ...«

Von wem ich nicht schlechter denken sollte, kam nicht über ihre Lippen; sie fuhr statt dessen mit ihrem Tuch nach ihren Augen und wischte ein paar Tränen, welche da hervorquollen, fort.

Ich konnte nicht anders als dieser Sünderin furchtbar erschrocken in das gelbliche Antlitz zu starren, dessen Fibern in ein leises Zucken geraten waren.

Aufspringend sagte ich endlich: »Gottlob, es steht nichts davon in der Aufzeichnung Bärholms! Und deshalb, wenn Sie je in seiner Gegenwart ein solches Geständnis sich über die Lippen schlüpfen ließen – o mein Gott, es würde ihn töten, Sie würden seine Mörderin sein!«

»Das weiß ich«, versetzte sie flüsternd, »aber ich werde es nicht!«

Als ich dann zu ihm hinüberging, hatte ich Mühe, die Fassung zu gewinnen, um ihm mit völlig ruhigen Zügen entgegenzutreten.

»Ich danke Ihnen«, sagte ich, ihm die Hand reichend, »für Ihr unbegrenztes Vertrauen! Ich habe nie etwas mit größerer Seelenteilnahme gelesen als Ihre Blätter. Und nun würde ich sagen: Tout comprendre, c'est tout pardonner, wenn ich etwas zu verzeihen hätte, wenn überhaupt irgend jemand in der Welt Ihnen etwas zu verzeihen hätte, nachdem Sie mehr als zehnfach eine Tat gebüßt, über deren moralische Abschätzung und Schuldgewicht sich ja gar manches sagen läßt.«

Er nickte melancholisch lächelnd mit dem Kopfe.

»Gebüßt«, sagte er mit einem schweren Seufzer, »ja, das hab' ich!«

»Und Ihre volle Legitimation zu Ihrer theoretischen Arbeit, deren Studium mir noch bevorsteht, ist sicherlich durch diese Blätter hier vollauf nachgewiesen. Aber haben Sie eins bedacht?«

»Was wäre das?«

»Daß Sie selbst für das Institut, dessen Verderblichkeit Ihre gelehrte Arbeit beweisen soll, ein schwerwiegendes Zeugnis ablegen, indem Sie diese Blätter schrieben, diese Blätter in meine Hände legten? Was sind sie anders als eine von Ihnen freiwillig abgelegte, von einem tiefen Seelenbedürfnis des Bekennens abgezwungene – Beichte?«

Er sah mich betroffen an.

»In der Tat, der Mensch ist ein widerspruchsvolles Geschöpf«, sagte er. »Aber jenes tiefe Seelenbedürfnis des Bereuens, Bekennens, Büßens und der Selbstanklage – sollte es am Ende etwas anderes sein als der uns eingeborene, unausrottbare Drang nach Wahrheit, der einmal wenigstens sich Luft machen will und muß? Gegen einen Menschen wenigstens?«

»Wohl möglich«, versetzte ich, »wir dürfen es ja so auffassen!«

Ich habe von diesem Tage an Bärholm fast täglich besucht und viel noch über seine gelehrte Arbeit mit ihm debattiert, die ich ihm doch nicht raten konnte zu veröffentlichen. Ich fand sie nicht beredt, nicht rückhaltlos scharf, nicht schwerwiegend genug, um auf eine so viel erörterte polemische Frage einen nachhaltigen Einfluß auszuüben – fand sie aber hinreichend ketzerisch, um Wirkungen hervorzurufen, welche dem Verfasser seine letzten Tage bitter vergällen müßten. Obwohl er diese Wirkungen nicht zu scheuen behauptete, ergab er sich doch darein und unterließ die mißliche Verlegersuche.

Als der Winter zu Ende war, entführten mich die Lenzmonate dem Dorfe und meinem heimischen Herd. Erst im Spätherbst kehrte ich zurück und fand Bärholm nicht mehr. Der arme Dorfkaplan war seinen Leiden erlegen. War er Verbrecher oder Märtyrer? Bei wie vielen gequälter, durch eine Schuld untergegangener Menschenexistenzen kann man nicht dieselbe Frage aussprechen!

Über tredition

Eigenes Buch veröffentlichen

tredition wurde 2006 in Hamburg gegründet und hat seither mehrere tausend Buchtitel veröffentlicht. Autoren veröffentlichen in wenigen leichten Schritten gedruckte Bücher, e-Books und audio-Books. tredition hat das Ziel, die beste und fairste Veröffentlichungsmöglichkeit für Autoren zu bieten.

tredition wurde mit der Erkenntnis gegründet, dass nur etwa jedes 200. bei Verlagen eingereichte Manuskript veröffentlicht wird. Dabei hat jedes Buch seinen Markt, also seine Leser. tredition sorgt dafür, dass für jedes Buch die Leserschaft auch erreicht wird.

Im einzigartigen Literatur-Netzwerk von tredition bieten zahlreiche Literatur-Partner (das sind Lektoren, Übersetzer, Hörbuchsprecher und Illustratoren) ihre Dienstleistung an, um Manuskripte zu verbessern oder die Vielfalt zu erhöhen. Autoren vereinbaren direkt mit den Literatur-Partnern die Konditionen ihrer Zusammenarbeit und partizipieren gemeinsam am Erfolg des Buches.

Das gesamte Verlagsprogramm von tredition ist bei allen stationären Buchhandlungen und Online-Buchhändlern wie z. B. Amazon erhältlich. e-Books stehen bei den führenden Online-Portalen (z. B. iBookstore von Apple oder Kindle von Amazon) zum Verkauf.

Einfach leicht ein Buch veröffentlichen: **www.tredition.de**

Eigene Buchreihe oder eigenen Verlag gründen

Seit 2009 bietet tredition sein Verlagskonzept auch als sogenanntes "White-Label" an. Das bedeutet, dass andere Unternehmen, Institutionen und Personen risikofrei und unkompliziert selbst zum Herausgeber von Büchern und Buchreihen unter eigener Marke werden können. tredition übernimmt dabei das komplette Herstellungs- und Distributionsrisiko.

Zahlreiche Zeitschriften-, Zeitungs- und Buchverlage, Universitäten, Forschungseinrichtungen u.v.m. nutzen diese Dienstleistung von tredition, um unter eigener Marke ohne Risiko Bücher zu verlegen.

Alle Informationen im Internet: **www.tredition.de/fuer-verlage**

tredition wurde mit mehreren Innovationspreisen ausgezeichnet, u. a. mit dem Webfuture Award und dem Innovationspreis der Buch Digitale.

tredition ist Mitglied im Börsenverein des Deutschen Buchhandels.

Dieses Werk elektronisch lesen

Dieses Werk ist Teil der Gutenberg-DE Edition DVD. Diese enthält das komplette Archiv des Projekt Gutenberg-DE. Die DVD ist im Internet erhältlich auf **http://gutenbergshop.abc.de**

Zeitfracht Medien GmbH
Ferdinand-Jühlke-Straße 7
99095 Erfurt, Deutschland
produktsicherheit@kolibri360.de